CE QUE JE SAIS
DE MONSIEUR JACQUES

LEÏLA BAHSAÏN

CE QUE JE SAIS DE MONSIEUR JACQUES

roman

ALBIN MICHEL

Pour Adam et Lila

« Et de manière générale, je dis à chacun que chacun est charmant. Telles sont mes mœurs diurnes. Mais dans mes nuits et mes aubes je n'en pense pas moins. »

Le Livre de ma mère, Albert Cohen

« Un adulte malheureux peut recommencer sa vie ailleurs, il peut changer d'endroit, il peut repartir de zéro. Un enfant malheureux ne peut pas avoir cette pensée – il sent qu'il est malheureux, mais il ne peut pas mettre un nom sur son malheur, et surtout nous savons qu'à l'intérieur de lui-même, il ne peut même pas remettre en question les parents ou les adultes qui le font souffrir. Un enfant malheureux, un enfant martyr, se sent toujours coupable et c'est cela qui est abominable. Parmi toutes les injustices qui existent dans le monde, celles qui frappent les enfants sont les plus injustes, les plus ignobles, les plus odieuses. Le monde n'est pas juste et il ne le sera jamais, mais il faut lutter pour qu'il y ait davantage de justice. Il le faut, on doit le faire. »

M. Richet, l'instituteur, dans *L'Argent de poche*,
de François Truffaut.

La mort de l'enfant

« Voilà pour l'extérieur. Ce qui s'est passé en moi n'a pas laissé de traces claires. Il y avait quelque chose que j'ai vu et qui m'a dégoûté, mais je ne sais plus si je regardais la mer ou le galet. »

La Nausée, Jean-Paul Sartre

1

Les adultes ne m'intéressent pas. Ils te regardent, l'œil inquiet, l'air de dire *quand est-ce qu'elle va foutre le camp cette maladie ?* Et comme s'ils n'avaient jamais été enfants, eux. Ils font semblant, ne voient rien, n'entendent rien. Le monde mène sa guerre à l'enfance, et moi, tous les soirs, je prononce mon pacte. Je dis : *Arrête de pleurer Loula, tu es née et tu mourras en enfant. Même quand le temps viendra où tu n'y paraîtras plus, avec une peau toute périmée qu'on croira ridée depuis toujours.*

Mon nom, c'est Loula. Au collège, je suis Benamou. *Benamou, passe au tableau !* Ce qui fait trembler un autre Benamou qui dort au fond de la classe avec des airs d'hippopotame marin. Le gros corps immergé dans l'eau paisible des rêves et la partie émergée qui fait acte de présence.

Me voilà suspendue au judas de la porte (peut-être dois-je écrire *pendue*, voir avec Petit Robert). Je regarde des hommes de l'ordre en civil et ça chuchote dans les talkies-walkies. Je suis à quelques centimètres d'eux et je suis invisible. Sur le palier, ils guettent par les trous qui forment un soupirail dans le mur de l'étage. Des rectangles creusés sans harmonie sans logique, qui servent à apporter la fraîcheur et juste ce qu'il faut de lumière. Regarder dehors sans être vu. Je sais ce qu'ils observent. Et tout dans leurs gestes montre le plaisir. Le jeu. Prendre l'autre sur le fait. Cache-cache et je te dénonce. L'un des deux baisse les yeux et monte vers l'étage de monsieur Jacques. L'autre prend son temps en triturant l'alliance qu'il porte à la main droite. La gauche est trop crasseuse à force de manier le mouchard. L'idée qu'ils soient venus pour quelqu'un de l'immeuble A des Palmiers (moi, madame Jorio d'en bas ou un des visiteurs de monsieur Jacques d'en haut) m'a d'abord fait trembler le ventre. Ces deux-là sont aussi ringards que des cafards. Un vent souffle et la chemise de soie artificielle colle maintenant au torse du flic le plus poussiéreux du monde. Ouf, ils ne viennent pas pour Croc-Blanc, mon chien errant que j'ai adopté et qui jappe sous le balcon. Croc-Blanc fait la poule quand il a envie que je descende jouer avec lui et que je lui donne des restes. Si quelqu'un s'en plaint, ils sont capables d'appeler la fourrière. Il a une balafre sur le flanc gauche qui lui fait mal. Je la vois et j'ai des démangeaisons au cœur.

Je retourne vers mon lit ramasser la casse. C'est qu'ils m'ont fait tressauter en débarquant dans le calme de l'heure de prière d'un vendredi. J'ai cru que quelqu'un rentrait et un des deux bols que j'avais sur la poitrine s'est renversé. Fracas, puis le silence et les éclats de blanc tranchant partout. Il n'y a pas longtemps, j'ai commencé à saigner et ma grand-tante Tamou a dit qu'il fallait que je reste allongée avec un bol sur chaque sein. Donner un moule aux deux mamelles. Éviter que les seins poussent librement sans bride et que ça devienne des besaces qui pèsent lourd sur le cœur, comme chez ces bonnes femmes qui marchent avec un fardeau à la place de la poitrine. Tante Tamou, elle s'y connaît avec son gabarit XS. Elle est si frêle, la cavité de sa poitrine lorsqu'elle tousse résonne d'un écho qui vient de très loin. Un bruit qui me fait penser au son qui résonne dans ma guitare. Le mariage de Tamou n'a duré qu'une semaine, ce qui ne me surprend pas avec le physique qu'elle a. Une semaine et des seins si petits qu'on dirait deux figues, ça ne l'a pourtant pas empêchée de tomber enceinte. D'un enfant né pour les anges. Tout ça à cause de la toux qu'elle a attrapée petite, qui l'a empêchée de grandir et l'a vidée de l'intérieur. J'entends son corps creux et je pense à ma guitare. Depuis que j'ai saigné, cet instrument me met mal à l'aise. Avec ses formes, sa taille marquée et la courbure de ses hanches. On sait ce que ça évoque de désir et violence. Voilà, je la boude elle aussi. Envie de rien.

J'ai donc choisi deux coupelles, l'une blanche l'autre bleue, de taille identique, les plus petites du buffet de la cuisine. Mais là, bonjour les emmerdes ! Je n'ai aucune envie d'avoir un sein qui pèse plus lourd que l'autre.

Crotch grab. Les problèmes s'enchaînent. Et d'abord, je n'ai jamais été d'accord pour quitter ma ville-mer. Venir s'installer ici dans le cagnard. Deux ans déjà qu'on habite aux Palmiers, et trois qu'on est arrivés dans la ville-sans-mer. Ma mère avait d'abord trouvé un appartement au dernier étage de la maison d'un juge. Une villa au style traditionnel avec tout le confort moderne. C'était vers la route de la grande palmeraie, loin des bousculades de la ville. On y a vécu neuf mois, le temps d'une année scolaire. Un petit bijou de grandiloquence trompeuse, avec gravures andalouses, moulures en plâtre et mosaïques ; et sur les murs du couloir, cet enduit artisanal qui les rend si brillants et lisses que s'y réfléchissent les couleurs des vêtements. C'était doux de caresser les parois en y frottant la peau, les mains, les épaules et jusqu'aux joues. Y puiser un peu de fraîcheur et de tendresse.

Tant qu'il faisait sec, on a été babas d'admiration architecturale. À la première averse, on s'est rendu compte qu'il pleuvait aussi à l'intérieur. Obligés de ranger nos meubles, de tout mettre dans du plastique. Le piano emballé d'une bâche tenue avec des pinces à linge perdait de son prestige. Par chance, les livres dormaient dans deux caisses. Ma mère a alors décidé qu'on n'y passerait pas l'hiver.

Quand je n'ai pas l'œil collé au judas de la porte, je regarde de derrière les persiennes de la chambre. Elles donnent sur un petit balcon mais j'ouvre peu à cause du soleil qui s'y engouffre. Tout dans cette ville cherche à créer de l'ombre, éteindre la lumière. Fuir l'insolence, l'indiscrétion du grand jour et de la chaleur. Le balcon n'est utile que pour les piles de mon walkman que j'étale pour qu'elles servent plus longtemps. La lumière ici, ça vous empêche et vous aveugle.

D'entre les persiennes, j'ai tout vu avant d'aller m'allonger pour dompter mes seins. C'est le troisième vendredi qu'il vient se soulager vers chez nous, le Sensible. À l'heure de la prière hebdomadaire. Je me suis d'abord dit : *Voilà un homme qui aime trop les arbres.* Que faisait-il à s'approcher du tronc d'un jacaranda ? J'avais même pensé à Touda, mon arrière-grand-mère, et à ceux de son bled du Haut Atlas qui leur faisaient des offrandes : tissus bariolés, fruits secs et pierres minérales. Celui-là venait peut-être étendre son tapis et prier. Je l'avais tout de suite repéré car c'était étrange un homme attifé en prieur qui avançait en sens inverse de ceux qui se dirigeaient vers la mosquée. Gandoura vert pistache et tapis sous le bras, tellement soigné qu'il faisait pitié. De loin, on aurait dit un Pakistanais avec des cheveux noirs et épais de poupée tout droit sortie des magazines *Burda* et *Mode & Travaux* qu'on trouve au salon, chez Lady Di la coiffeuse.

Comme la première fois, il a pris l'impasse de l'Alque

(ALC : American Langage Center, que nous prononçons Alque), puis s'est engagé vers le terrain vague. Tapis de prière toujours sous le bras, l'homme a soulevé sa gandoura. Les genoux fléchis, on aurait dit qu'il s'apprêtait à sortir un poignard de son entrejambe. Il a fait semblant de s'évanouir. Tête inclinée vers l'arrière, les yeux se sont fermés. Adagio. Haut, bas, haut, bas. Allegro. Et l'expression d'un enfant qui dort. Corps tendu, il s'est enraciné. Prestissimo. Il s'est agité, en transe. Secousses puis saccades. Un râle, plaisir. Les voix de la ville qui prie ont retenti en chœur. Repu, l'homme jouit, l'homme meurt. L'odeur d'encens a rempli les airs : madame Jorio brûle l'oliban pour décrasser l'immeuble. Et plus on monte en étages, plus on monte en crasse. Il y a du sacré à traiter avec ses diables. Griserie. Le tapis est tombé, et l'homme à moitié dénudé s'est écarté de l'arbre. Il s'est montré. Vide de morve. Trouble, j'ai chaviré. Peur de rien. Il s'est exhibé à qui veut bien le voir de derrière les fenêtres. Splendeur irréelle. C'est donc pour ça que les adultes prient ou se touchent et font l'amour. Pour tuer la raison, perdre la face et l'orgueil. Purifié, l'homme s'en est allé.

J'hésite. Comme s'il fallait que je respecte l'ordre établi. J'ouvre les persiennes en grand, et du balcon, je jette le bol qu'il me reste histoire de provoquer de la casse. L'homme lève les yeux, il est maintenant un autre. Il se ressaisit. Le Sensible hâte le pas. Trop tard. Les flics sont venus le cueillir aujourd'hui. L'empêcher de montrer son organe à nos yeux trop propres. Moi, j'ai peur pour lui. Il n'a fait de mal à personne. Et j'aime autant qu'un homme vienne arroser les arbres plutôt que nos vêtements de fillettes dans les bus et à l'arrière des boutiques. D'habitude, les Sensibles ne rôdent que là où il y a des corps mobiles, ce qui leur permet de se frotter en douce. Bus boiteux débordants et avançant portières ouvertes, les Grands Taxis à six places et les souks, et les filles rentrent avec des vêtements pleins de morve. Cet homme-là est un gentil solitaire du vendredi. Il est juste venu faire sa parade sexuelle. J'aurais bien aimé l'aider, lui faire signe de déguerpir, lui empêcher la honte et la maltraitance physique. L'image d'un âne en érection au milieu d'un boulevard me vient à l'esprit. Il refusait d'avancer, raide, bloquant le passage, rétif aux ordres et aux coups de son maître. J'avais éclaté en sanglots. Peut-être à cause de cette infirmité étrange ou de cet organe soudain proéminent à l'apparence fragile et douloureuse. Les hommes sont-ils frères des ânes ? Faut-il un public pour que naisse le plaisir ?

Les flics ont réussi leur capture. Heureusement que la horde des Palmiers s'est dispersée. Le Sensible avait bien choisi son heure, mais la police ne connaît ni le répit ni la prière. Au nom de Dieu le Miséricordieux, le Très Miséricordieux. Pas de victimes et pourtant pas de pitié.

L'étalage de foutre (mot appris grâce à monsieur Simenon), ça vous fout tout en l'air. Tout cela à cause des hormones, du trop-plein d'énergie et de liquides que ça vous distille partout.

Je laisse tomber ma robe et me regarde nue dans la vitre de la porte du balcon. La nature m'a joué un tour. J'étais enfant. Juste enfant, ni homme ni femme. Et maintenant, je dois dompter ce corps où œuvre le diable. Ça se déchire, c'est le grand conflit, ça saigne même. Cette toison avec tous ces poils noirs, ces seins qui pointent et toutes ces rondeurs qui au lieu de m'envelopper, me protéger, aguichent maintenant les tordus quand je traverse la rue. J'ai un problème de poids et l'autre jour un homme m'a suivie en chuchotant des mots sales.

Ce corps est un traître qui n'écoute que sa propre logique. Entre lui et moi, il y a un décalage. Je retourne m'allonger. Avec cette fois deux petits verres à thé sur la poitrine ; le regard voguant sur le mur, entre une carte postale de Saint-Loup-sur-Semouse, avec sa rivière et ses berges de verdure, et le poster de Michael Jackson enfant habillé d'un tee-shirt Mickey du temps des Five.

Qu'il est sanglant de devenir femme.

Au loin, une stridente sirène emporte le Sensible.

Si vous avez un vice, cachez-le !

2

– Nous sommes des gens destinés à la justice, qu'elle avait dit, ma mère, en arrêtant la R 12 impasse du cimetière.

Depuis des jours, elle promettait de nous faire visiter notre nouvel appartement non loin de l'avenue commerciale moderne.

– Résidence des Palmiers, impasse du cimetière. En plein centre-ville. De là, tout est accessible à pied, ne cessait-elle de répéter.

Proche des écoles, du conservatoire, et même de la médina et du syndicat d'initiative. Le syndicat d'initiative, c'est parce qu'on y prend la navette pour rejoindre le PalmEden, le club de vacances où travaille mon père. À l'entendre parler, cela allait changer notre vie de pouvoir déambuler dans la ville à pied. J'imaginais donc la résidence des Palmiers avec des propriétés de tapis volant, topographie et emplacement changeant en fonction des lieux que je pourrais fréquenter.

Comme le mercredi après-midi est réservé aux cours

de musique, ma mère est venue nous chercher au conservatoire, ma sœur Farah, mon amie Zahira et moi. À chaque fois, elle propose de raccompagner Zahira vers le quartier Les Indigents, où elle habite. Il faut dire qu'elle force l'admiration. Ce qui n'a rien à voir avec la pitié puisqu'elle ne demande rien à personne et qu'elle ne se plaint jamais. Son handicap n'est pas très visible et elle affiche une humeur constante de bonheur tranquille. Elle a seize ans et toute l'assurance nécessaire pour que les gens la traitent en adulte.

Ma Zahira, mon *amiétincelle* comme je l'appelle, ma consolation dans la ville-sans-mer. Elle me donne une bonne raison de poursuivre le conservatoire et de supporter toutes les dictées de solfège qui m'enquiquinent. J'entends *Si bémol* et *La dièse* et toutes les notes se présentent en lettres ; je me dis qu'il faut voir avec Petit Robert si bémol prend un *e* et si dièse s'écrit avec un *z* ou un *s*. Et le temps de raccrocher les wagons, la mélodie s'écoule.

Je l'ai tout de suite repérée. Avec ses lunettes de soleil portées à l'intérieur et même quand la nuit tombe, ses longs cheveux lisses et bruns attachés en queue de cheval, elle m'a fascinée. En général, je ne parle pas beaucoup, mais je n'éprouve aucune difficulté à aborder les gens qui m'intéressent, soit pour leur beauté non conventionnelle, soit en raison d'une gentillesse que je ne reconnais comme sincère que si j'y décèle un brin de tristesse. Nous sommes devenues amies en toute simplicité quand je me suis présentée à elle et que je lui ai dit que je la trouvais belle.

Zahira a d'abord rougi avant de me demander mon âge. Elle avait l'air attendrie par ma réponse. Puis dans un geste brusque, elle a enlevé ses lunettes.

– Tu n'y vois pas l'œuf écrabouillé ?

– J'y vois la mer. L'écume et le bleu infini.

Zahira a ri et remis ses lunettes en hochant la tête.

C'est vrai que j'ai l'obsession de la mer à cause du manque de ma ville-mer. Et puis, chacun ses complexes. J'ai pris la main de Zahira et je l'ai passée sur ma tête.

– Tu as les cheveux crépus, j'aime trop, qu'elle s'est exclamée.

Moi, j'en souffrais plutôt. « On voudrait savoir si tu es une fille ou un garçon », « Avec ta coupe-garçon et tes cheveux en petits asticots, on dirait un bougre de village ». Pour les méchants de la cour de récréation quand je suis arrivée à l'école Aïcha, j'avais un corps de bouffon, une cible trop facile pour ceux qui aimaient faire les malins. Et heureusement que mon apparence s'améliore depuis que mes cheveux ont poussé et que je les noue péniblement en deux couettes d'où s'échappent des petites antennes. On me trouve plus féminine et cela signifie que j'ai choisi mon camp. Ce qui rassure les gens.

– Nous sommes destinés à la justice, qu'elle avait donc répété, ma mère, en arrêtant la R 12 impasse du cimetière.

C'était une fin de journée, nimbée d'une lumière rouge qui donne ce voile irréel aux choses. Fin de printemps, et déjà la chaleur vous faisait quémander l'oxygène aux cieux. La respiration ici n'est pas un geste naturel.

Garés au pied de la muraille de la prison des Mortiers, toutes vitres baissées, nous avons scruté les alentours de notre imminente adresse. « Prison des Mortiers », notre vocation pour la justice se confirmait. Autour, rien ne bougeait. Pas même le bleu des jacarandas, pas même le drapeau planté au-dessus du pénitencier, pas même le linge sur les balcons, ni même la poussière de sable. L'air a déguerpi de la cité abandonnée à son rouge. L'odeur en revanche, celle des gaz des mobylettes, des moteurs sans filtre qui pétaradent pour impressionner, enveloppe la ville. Farah, ma sœur aînée, était assise à l'avant. À l'arrière, Bébé, installé dans ce siège que mon père a offert à ma mère le jour de son anniversaire, s'amusait à tendre sa petite main vers le luth de Zahira, assise à sa gauche. Rien ne m'attendrit plus que cette main dodue. C'est pour cela que je suis toujours à ses côtés, pour serrer ses petits doigts quand il pleure. M'apaiser aussi et calmer ma douleur, car je souffre constamment du ventre. Stress hydrique de tout le corps. Des douleurs qui m'essorent de l'intérieur, si bien que je suis contrainte d'avaler à jeun la bouillie d'une poudre immonde pour éviter la déshydratation.

Zahira avait le visage aux aguets, ce qui veut dire des

joues nouées autour de sa mâchoire légèrement avancée. Un sourire figé, qui passerait pour bizarre aux yeux de ceux qui se fient aux apparences. Elle ajustait régulièrement ses lunettes noires comme à chaque fois qu'elle n'est pas à l'aise. Tête inclinée vers l'arrière, elle souriait dans le vide, attentive à nos bruits qui annonceraient la suite. Ses postures et mimiques, je les connais par cœur.

Nous allions quitter la maison viciée du juge pour un appartement du côté de la prison des Mortiers. De sa voix basse et guillerette qui enrobe tout d'insouciance, Zahira, qui connaît tout de la ville, nous a expliqué :

– Les Mortiers, c'est parce que les mères et les épouses, à la sortie des prisonniers, font tinter les mortiers de cuivre devant la porte du pénitencier pour empêcher une nouvelle incarcération.

Une superstition donc, pour éviter toute récidive.

Le mur de la prison s'élevait en rempart épais et si haut qu'on ne voyait que cette bâtisse fraîchement crépie de rouge argile. Forteresse close encerclant les criminels et les Valjean qu'on arrête pour un pain rond et trop blanc, volé pour calmer un estomac qui crie famine. On s'approchait de l'interdit et des parias et cela créait un trouble. J'ai songé aux *Misérables* et j'ai tout de suite eu le cœur barbouillé. Il y avait au moins un innocent derrière ces murs et cela me causait une grande peine à cause de mes amitiés littéraires avec Valjean, Edmond Dantès et Johnny Joe parti en guerre. Et d'abord, comment s'y passent les heures et quel traitement réserve-t-on à ceux qu'on prive de liberté. Ça doit cogner sur les parois, comme dans le corps de Johnny Joe.

Je maudissais la R12 de nous avoir obligés à ce premier aperçu. Pour donner le *la*, dans le genre *présage de vie heureuse et tracée*, c'était raté.

Un agent de l'ordre a accouru vers nous, nous exhortant à nous éloigner et à nous garer ailleurs. Mais à la vue de Bébé, il s'est attendri. Il s'est ravisé, nous autorisant finalement à rester là.

L'impasse du cimetière est en réalité ouverte sur une piste de gravier, et on peut même voir au loin des palmiers. Avec leurs troncs glabres recouverts d'écailles filandreuses, semblables au pelage d'un étrange animal. C'est parce que la chaussée se ferme en rectangle noir non loin de la prison, au niveau du cimetière chrétien attenant et qui paraît à l'abandon, que la rue se nomme ainsi.

Quelques bicyclettes et de rares passants se dirigeaient vers le centre-ville. Leur tenue traditionnelle de gens qui lavent le linge à la main et ne se baignent qu'au hammam n'était pas celle des habitants du quartier. Ils devaient venir de la médina populaire. L'endroit fonctionne comme un trait d'union entre deux mondes.

C'est là, en face des Mortiers, placée comme dans une cachette du centre-ville, qu'est située la résidence des Palmiers. Séparée du boulevard par un immeuble de professions libérales, la succession de barres de béton disposées en U se trouve en contrebas de la prison. Rien ne doit dépasser les institutions officielles, et la justice en particulier. On accède à la résidence par de larges marches qui, du côté qui fait face au pénitencier, compte, en lieu et place des appartements du rez-de-chaussée, plusieurs magasins : une épicerie, un pressing, un salon de coiffure, et une boutique où l'on peut acheter des « vêtements d'usine pas chers avec défauts ».

Ma mère a sonné à une porte et une dame en pyjama qu'on a eu l'impression de réveiller nous a ouvert. De l'intérieur, nous sont parvenus des bruits de marmaille agitée. C'était le domicile du concierge. Lequel est apparu par l'escalier derrière nous. Samba, il s'appelle. Farah, ma sœur, a retenu un rire en entendant ce prénom. Moi, je trouvais qu'il convenait au physique du bonhomme. Il faisait ma taille et se mouvait avec la grâce et la légèreté des patineurs artistiques que je regarde parfois les dimanches après-midi.

Les immeubles étaient dépourvus d'ascenseurs et les appartements disposés en lacet. Le nôtre se trouvait au deuxième niveau de l'immeuble A, mais la disposition originale donnait l'illusion qu'il se trouvait au troisième. Je fus ravie de constater qu'il comptait deux balcons. Malgré l'étroitesse, habiter un appartement du centre-ville, c'était déjà la modernité.

Sur le crépi rouge des façades, on voyait des taches de vomi.

Ni quartier populaire, ni quartier chic. On s'approchait du but.

On ne pouvait visiter notre logement ce jour-là car une dame russe y habitait encore. Elle avait à peine entrouvert la porte qu'elle nous avait regardés comme pour dire que ce n'était pas nous qu'elle attendait, puis avait disparu. Samba a évoqué son histoire avec des mots que j'ai eu du mal à comprendre : *mari pharmacien, passeport confisqué, refuse l'asile, part pour une ferme à la campagne.*

– Allez jouer avec les enfants là-bas ! nous a ordonné ma mère une fois en bas de l'immeuble, comme à chaque fois qu'elle souhaite nous écarter d'une discussion entre adultes.

Là-bas, c'était l'esplanade Michael au creux du U de la résidence. Un espace ombragé par des bigaradiers. Zahira, que l'on considère comme une adulte, pouvait rester avec ma mère mais elle a préféré nous accompagner et quelqu'un n'a pas tardé à lui apporter une chaise en raphia pour qu'elle s'assoie.

Deux garçons et une fille plus jeune jouaient aux cartes ; et en guise de gage, se donnaient des raclées sur les mains. La petite avait un karma perdant. Ses mains étaient toutes rouges et enflées et elle mordillait ses lèvres pour ne pas pleurer sous les coups.

– Tiens, Fatima ! qu'ils hurlaient en tapant de leurs paluches de p'tits mecs.

Je m'identifiais à elle, la cicatrice que j'ai sur le menton et à laquelle je ne me suis pas encore habituée me lançait. Mon corps me gênait en raison de mes cheveux trop courts et crépus mais surtout de la cicatrice. Heureusement que j'avais Bébé dans les bras, et que je pouvais ainsi me cacher des regards.

Quelqu'un a hurlé le nom de ma sœur Farah depuis un balcon. C'était Nazik, une fille qui était au collège avec elle et qui a vite fait son apparition. Je la connaissais de loin car je la voyais parfois à l'arrière d'un scooter Yamaha rouge près du conservatoire. Avec son look d'ado sûre d'elle, elle ne passait pas inaperçue : coupe soleil et cheveux Blond-Vacances, jean rouge, chemise canadienne et brodequins branchés. Elle habite aux Palmiers et était ravie d'avoir Farah comme nouvelle voisine. Une autre fille plus âgée aussi, Sana, n'a pas tardé à nous rejoindre sur une vieille bécane. Elle a quémandé quelques dirhams car elle disait devoir remettre d'urgence du gasoil dans la mobylette de sa sœur aînée. Les trois grandes m'ont toisée et sont allées discuter un peu plus loin. Je suis restée là, à scruter le look de Nazik. Car il n'y a que les Missionnaires, les élèves de la Mission française, pour s'habiller ainsi grâce à des parents qui ont les moyens d'acheter chez Vertigo et Naf Naf, et de payer une école qui facture à des prix comme en France.

La partie de cartes virait à la torture. Elle prenait, la petite Fatima. Ses geignements ont fait réagir Zahira, qui s'est permis une remarque.

C'est à ce moment-là que monsieur Jacques est apparu et que je l'ai vu pour la première fois. Sur son vélo à guidon en cornes et à selle haute, il avançait. Hors sol. Hors réalité. Une créature aérienne, une apparition. Avec des jambes musclées qui pédalent dans l'air. Son short trop court pour lui et son marcel blanc ajusté à son buste soulignaient sa vigueur. Sur un autre corps, une peau noire ou une tête frisée et brune par exemple, cela aurait été différent. On aurait trouvé ce look vulgaire, mais sur Jacques, tout paraissait chic. Il semblait supérieur à tout ; ses cheveux clairsemés et lisses, coupés court mais aux mèches suffisamment longues pour tomber de chaque côté d'une raie parfaitement centrée, renforçaient cette impression. Le monde défilait dans les verres bleus de ses lunettes de soleil, des images qui semblaient passer sur lui sans l'atteindre, sans qu'il leur permette de s'infiltrer en lui. Monsieur Jacques était beau. D'une majesté étrange qui vous fascine. Sa beauté portait en elle le signe d'une nocivité pas même cachée. J'aurais aimé faire sa connaissance et sympathiser. *Regarde-moi, mais éloigne-toi !* Tel était le message que Jacques, par sa façon d'être, semblait adresser au monde.

Cette première visite aux Palmiers provoquait en moi exaltation et tournis. Le cap s'annonçait décisif. Cette liberté avec laquelle les enfants du quartier traînaient dehors. Et que c'était chic de voisiner bientôt avec un monsieur aussi distingué, un Français !

Jacques, jajacques jacques jajacques
Ô qu'il est beau qu'il est beau le lavabo
Ô qu'il est laid, qu'il est laid le laid pédo
Jacques, jajacques jacques jajacques

Les oranges amères ont fusé. S'écrasant sur les murs, crachant pulpe et pépins sur le crépi. C'était donc cela que j'avais pris pour du vomi souillant les façades rouges. Les joueurs de cartes, Nazik, Sana et la petite Fatima sautillaient maintenant d'une énergie nouvelle et pleine de détermination. Bombardant tout de fruits de la rage. L'hymne contre Jacques s'est élevé au-dessus de l'esplanade, a rempli le vide sur lequel toutes les fenêtres ouvraient. La voix des enfants est montée jusqu'aux oreilles du monde et de Samba qui s'agitait d'un mouvement las et automatique pour disperser la horde des Palmiers. Un chant au-dessus de la ville chaude qui s'est infiltré dans la peau. Car oui, comme ce qui s'écrit, ce qui se chante reste, creuse des cicatrices pour graver les vérités pour l'éternité.

Puis rien. Le silence est tombé. La nuit est tombée. L'hymne de la horde des Palmiers s'est imprimé en moi. Et je crois que Jacques est la première chose dont j'ai parlé à ma grand-tante Tamou et à Mi-Milala mes grands-mères chez qui je suis allée, le temps que ma mère gère le déménagement.

Je me souviens qu'en repartant, le geôlier des Mortiers, ému par Bébé, a aidé ma mère à faire demi-tour.

S'approcher des parias et des Valjean, intégrer un voisinage tel que celui de Jacques, Samba et la horde des Palmiers, cela promettait.

Ma vie changerait, et en attendant, je passai l'été bercée par les eaux salées, celles de la ville-mer où je suis née.

Histoire de la cicatrice

Fin de l'école primaire. Tu es fière. L'école a convoqué tes parents. Ce fut d'abord une soirée de questionnements : *Que nous vaut l'honneur ?* Le lendemain, tu apprends qu'il est question de Victor-Hugo. Non pas Victor Hugo le mastodonte littéraire, mais le collège Victor-Hugo, grand établissement de la Mission française où sont scolarisés les Français et les riches. Seuls les meilleurs élèves y sont admis, et tu as été choisie.

Tu sais maintenant que tu ne pourras pas y aller. Tes parents ont dit qu'ils ne pourraient pas suivre. Car tout se paye cher, les livres, la légèreté de penser et d'affirmer ce que l'on veut, l'excellence scolaire aussi. Tu tâtes ta cicatrice et tu te demandes comment madame Guerma a réagi. Tu l'as dénoncée l'année dernière. Livrer, trahir, vendre sont synonymes de dénoncer, te dit Petit Robert, alors tu n'aimes pas ce mot : *dénoncer*. Disons que tu as tout dit à ta mère. La cicatrice était rouge et visible sur ton menton. Guerma, la maîtresse qui mène la guerre aux enfants de la classe. Surtout aux garçons qu'elle saisit par le col du tablier, qu'elle balance contre les murs et les tableaux. Elle cogne les dos qui se font ronds. Son autre exercice favori : les coups de compas qu'elle manie avec hargne, ses bracelets tintant à chaque fois. Elle porte des pantalons et des chemises à imprimé léopard et met du rouge sur ses lèvres pincées. Guerma a le corps sans gras, ce qui donne de la raideur aux os peu enveloppés et l'oblige à respirer plus vite que la moyenne. Elle halète. Les maths, ça la rend folle. Elle te terrorise, toi et les autres.

Quand tu es arrivée dans sa classe depuis ta ville-mer où les maîtresses étaient gentilles, tu as osé dire lors d'une dictée que tu n'avais pas bien entendu : « Maîtresse, vous pouvez répéter s'il vous plaît ? » Tes camarades t'ont regardée, outrés, terrorisés, anticipant la tornade à venir. Silence. Elle t'a demandé de t'approcher. Et vlan, le soufflet s'est abattu. Tu as senti une chaleur monter. Une stupeur qui t'a anesthésiée. Un déséquilibre dans ton visage que tu as subitement du mal à localiser, et la paralysie, la douleur. La chaleur, tu ne savais si c'était la joue ou la honte. Toi, la bonne élève. Depuis, tu te fais discrète. Devoirs écrits irréprochables et tu ne parles pas. Tu regardes ta feuille pour échapper au désastre qui accable quotidiennement tes camarades. À chaque jour sa victime. Plongée dans tes rêves où tu t'imagines en pleine mer, mêlant tes larmes aux eaux salées où tu es née, où tu puises ton existence.

La mer, ta vraie origine. L'adulte Guerma sévit dans cette assemblée d'enfants qu'on lui livre chaque jour, avec ce nom destiné à faire la guerre. Guerma piétine les anges.

Une autre fois, elle te demande de passer au tableau : conversion de quantités de liquides. Ton cerveau se fige dans la mer lointaine où tout te protège. Dans l'immensité aquatique, tu flottes, pas même tu ne nages. Tu écris sur le tableau noir et la proximité du diable étourdit ta conscience. Tu confonds décilitres et décalitres. L'ogresse a besoin de sa dose. Elle n'en attendait pas moins. Les coups pleuvent. Tu es loin. Inaccessible. Ta mer te berce. Ta mer te nettoie. Rejette tes peines avec les blocs de goudron noir qu'elle crache sur les plages. Lorsque tu reviens à la géhenne, l'orage est passé. Rien n'est arrivé. Même un brasier ne peut rien face à l'océan.

Prend-on jamais possession de son propre corps ? Tu es incapable de dire ce qui a tailladé ton visage. Un clou dans le tableau noir, un ongle de hyène, l'écharde d'une fleur ou la pointe d'un compas. Il y a juste ce feu sur ton visage. Dans le miroir, tu découvres la balafre gravée sur ton menton. Pour la vie, et les sillons, les ecchymoses ailleurs, dans ta part immatérielle, ton âme. Ta mère t'a interrogée et tu as tout raconté. Une réunion s'en est suivie avec la direction. Guerma ne t'adressera plus la parole, elle te laissera tranquille. Elle lèvera même le pied sur le ring. Un peu de paix pour tes camarades aussi. Tu regardes ton nouveau visage dans le miroir et tu te souris avec toute la tristesse de ta terne victoire. Tu t'es retranchée dans le mutisme et une douleur chronique aux intestins. Condamnée à t'essorer, te vider plusieurs fois par jour. Tu travailles, comme avant, tu ne participes jamais, tu écris. Tu ne parles pas pour ne pas prendre de risques inutiles. Tu es muette. Tu sais que l'écrit est pur, tu veux laisser des preuves.

L'amnésie qui frappe les sortants du royaume de l'enfance, tu veux l'exorciser. Tu accumules les mots. Pour aller à ton école, tu as brandi ton fétiche : les livres. Cette bibliothèque dont tu as fait ton sanctuaire. Tu t'en imprègnes, tu t'y retranches pour conjurer les périls, pour qu'elle t'aide à affronter la vie. Que tu saches y faire. Il y a ce livre qui t'interpelle : *Johnny s'en va-t-en guerre*. Tu ne comprends pas tout, tu éprouves. Tu le pleures, Johnny Joe. Il te console, t'apprend qu'on est toujours prisonnier de son corps.

De 1912 à 1956, le pays a vécu sous protectorat français. Protectorat : un régime juridique caractérisé par la protection qu'un État fort assure à un État faible en vertu d'une convention ou d'un acte unilatéral. Tu apprends cela et tu te dis : Les adultes sont coupables de non-protectorat à l'enfance.

La première des dominations est là : le corps des enfants jamais ne leur appartient. Domptés à ne jamais résister à la tyrannie adulte qui en prend possession. Corps faciles.

En ces contrées, éduquer revient à violenter. Éduquer est un acte mortifère.

Ton corps grandira, la cicatrice s'estompera, elle ne s'effacera pas, à peine visible. Visible donc, mais tu ne la cacheras pas. Pas même de fond de teint. Elle est le tribut de tes jeunes années. Celui qui te rappellera toujours que tu devras dénoncer le non-protectorat de l'enfance. Tu en fais le serment.

Tu ne supporteras jamais que l'on rudoie un enfant, qu'on le touche, qu'on le brutalise.

Le cœur de l'enfant fossile bat à jamais en toi.

La violence ne te tue pas, elle te sectionne. Perméabilité définitive au malheur des gens.

3

Une bouche qui témoigne d'une existence rouillée. Quel désastre a bien pu produire une telle chose ? Cette dentition me fait penser à notre piano aux touches affaissées. Le blanc y est si vieux qu'il a tourné au jaune.

La bouche m'attire quand je regarde du judas. On a sonné à la porte et j'ai ausculté le visiteur à son insu. J'aime prendre mon temps et j'enregistre tout pour partager plus tard des sensations avec Zahira. Quand je lui lis mes mots, elle fait *hum* d'un air de surprise satisfaite, comme si elle découvrait le paradis avec ses fleuves où coulent le lait, le vin et même le miel. Elle fait semblant pour me faire plaisir. Est-ce qu'on se rappelle les formes, les images, quand on est aveugle depuis l'âge de neuf mois ?

Les traits du visage manquent d'harmonie ; les boutons forment des cratères sur une peau infectée.

J'entrouvre la porte et s'exhale l'odeur de pauvreté. Des relents d'huile d'olive nécessaire à la coquetterie. Je connais bien cette odeur car elle est celle de ma classe.

Quand il fait chaud, elle se mélange à celles de nos espadrilles et de nos aisselles qu'on trimbale en fardeau toute la journée après deux heures de sport. Impossible de se laver. On n'a pas même de toilettes propres dans notre collège, alors la douche ! Car il faut bien graisser les cheveux trop secs, les faire tenir et luire au soleil. Brillantine et Vivelle Dop du pauvre. Tout en un. Ça s'applique et ça se mange.

Crotch grab. Tu n'es pas le genre de Jacques, malheureux ! J'ai d'autres chats à fouetter aujourd'hui, alors j'ouvre et l'expédie.

– C'est bien chez le chrétien, ici ?

– Appart au-dessus, encore deux niveaux à monter. Numéro 7, c'est écrit dessus.

La silhouette en coton-tige monte les marches par deux et s'éclipse. À force d'expédier les candidats à la bonne adresse, j'ai appris à connaître les goûts de monsieur Jacques. Aucune chance cette fois. Monsieur préfère les potelés et les derrières bien rebondis. Les garçons fiers avec des airs à se laisser convaincre et désirer. Ceux qui montent en *sunwalk* ; à cause de mon adulation pour Michael, j'ai baptisé ainsi cette manière de gravir l'escalier, mettre un pas si hésitant sur la marche qu'on donne l'impression de descendre plutôt que de monter.

Et pourquoi diable ne sonne-t-on jamais à une autre porte que la nôtre ?

Enjoy les cratères, Jacques ! Moi, j'ai mieux à faire

aujourd'hui. Et d'abord, pas même de merci pour lui avoir servi de portier depuis notre installation ici sans bien comprendre au début à cause de l'innocence. À mon insu, j'ai joué les rabatteurs et même les proxénètes pour rien et sans le faire exprès.

Oui, j'ai mieux à faire en ce jour de fête nationale du 3 mars. C'est toute la ville qui compte sur les musiciens du conservatoire. Zahira m'a embarquée dans sa chorale de chant andalou. Elle trouve que j'ai une belle voix juste et que je me débrouille pas mal au piano, ce qui confirme que j'ai été mal orientée vers le solfège et la guitare. Je fais un blocage à cause de l'excessive féminité de cet instrument et de la promiscuité des cours individuels. Je trouve de plus en plus obscènes les tête-à-tête avec monsieur Boukari, avec cette manie qu'il a de se pourlécher les lèvres et son gros corps emmailloté dans des costards-cravates trop petits pour lui.

Les filles de la horde des Palmiers veulent assister au spectacle. En attendant qu'elles viennent me chercher, je m'agite et me regarde dans tous les miroirs de l'appartement. J'ai passé la matinée chez Lady Di à me faire coiffer pour que mes cheveux soient plus lisses que lisses. J'aime bien la coiffeuse, avec ses sabots, ses cheveux méchés de blond et ses tailleurs colorés. Elle me fait un tarif en raison de notre passion commune pour la vraie Lady Di (à qui elle doit son surnom) ; et aussi parce que je suis capable de lui rendre des services. L'autre jour, j'ai pédalé jusqu'à la médina pour lui acheter une bombe Elnett. Elle dit que je lui ai sauvé la vie parce qu'elle avait une mariée à coiffer. La coiffeuse voue un culte à la belle d'Angleterre dont le charme n'a rien à voir avec le physique de son mari et encore moins celui de la reine sa belle-mère. Les murs du salon sont tapissés de photos de la princesse découpées dans les magazines, et partout des fleurs et des grappes de raisin factices sont suspendues. Elle a des piles de revues, qui viennent de chez Sahara Tours où travaille son patron, le propriétaire du salon. Ce qui m'évite de pédaler jusqu'au CCF (le Centre Culturel Français) quand je suis en panne de lectures et que j'ai la flemme de me dépenser en plein cagnard de 14 heures sous 44 C°.

Comme j'ai toujours peur d'être en retard, je m'impatiente et ne cesse de regarder dehors. Samba le concierge est en pleine discussion avec madame Jorio. Et qu'est-ce que j'avais dit : le coton-tige venu rendre visite à Jacques quitte déjà l'immeuble. Il passe tout près de madame Jorio, qui n'a pas sa langue dans sa poche et qui perd son temps à se plaindre en répétant en français « manque de civisme ». Mais dès qu'il s'agit de monsieur Jacques, elle fait comme si de rien n'était. J'ai déjà constaté cela. Les visiteurs de Jacques sont des fantômes. Personne ne les remarque. Personne, à part moi, à cause de ce judas qui vous fait voir les choses de façon nette et bien en face.

Sana arrive sur la bécane 103 pétaradante. Elle a dû négocier sévère avec sa sœur aînée pour l'obtenir. Je descends, j'enfourche mon vélo et nous passons chercher la petite Fatima. Il faut frapper longtemps à sa porte avant qu'on vienne vous ouvrir. Je dis *porte* mais ce n'en est pas vraiment une. C'est une grande paroi de métal scindée en quatre parties égales, pour parler en langage mathématique. Car Fatima, c'est au parking souterrain des Palmiers qu'elle habite avec sa mère et sa grand-mère. Elles ont pour elles tout le sous-sol de l'immeuble où sa grand-mère La-Malika distribue le courrier, fait le ménage et même les courses pour les bureaux. Comme les voitures peuvent stationner dans la rue, on leur a accordé le parking, un avantage en nature. Ce qui est bien pratique pour la sécurité de trois femmes vivant seules, puisqu'il n'y a pas de fenêtres. La mère de Fatima a aussi réussi à se faire embaucher à proximité : elle est gardienne à la prison des Mortiers, ce qui impose respect et crainte.

Mars dans la ville rouge est fleurs et tiédeur idéale. Splendeur des arbres exhalant leurs fragrances. Rues de bleu jacaranda et Majorelle. Depuis les avenues baignées de lumière, on voit le blanc des neiges de l'Atlas. Une générosité naturelle qui semble vous dire : je peux tout vous offrir, les quatre saisons d'un coup ! Les musiciens dans les rues agitent leurs pieds dansants et leurs castagnettes en métal bruyant en improvisant des paroles : *Tu veux le froid, le voilà ; tu veux le chaud le voici !* En criant dans les rues : *Aime-moi, aime-moi, Naïma !* Les sabots des calèches à deux chevaux claquent sur le bitume, et les gazouillis des bruants solitaires qui évoluent en groupes font tourner les têtes. Les garçons sont beaux, avec leurs brodequins et leurs chemises de soie entrouvertes. Quand vous leur plaisez, ils vous disent : « Gazelle, viens boire un café ! » Leurs cheveux sont coiffés au Pento et ils ont des lunettes imitation Ray-Ban. Les filles sont toutes guillerettes avec des robes princesse à fentes et les cheveux brushingués ; les vieilles dames arborent leurs djellabas chatoyantes et leurs foulards noués sous le menton qui laissent voir des mèches roux henné. L'amour et le rouge sont partout, jusque dans les petits drapeaux qui ornent les poteaux et qui applaudissent au vent. J'aime cette ville au printemps, elle vous impose la vie, vigoureuse, vivace. Elle vient vous chercher avec des petits matins rouges qui chantent en vous insufflant la passion.

Nous traversons la grande avenue côte à côte, moi à vélo, Sana et Fatima sur la 103. Pour avancer au même rythme, Fatima me donne de l'élan avec sa main posée sur mon dos. Mon vélo se mue en mobylette magique. Je pédale sans me dépenser. Moi avec ma coupe soleil, et Sana avec ses cheveux en Dirty Diana tellement laqués qu'ils ne bougent pas. Ça turbine et je rêve. Je rêve de cette légèreté éternelle dans mon cœur. Je la garde secrète, fébrile dans une ville où soudain tout est beauté.

Nous avançons en chantant *Billie Jean*, et nous lançons des *Hibi* aux piétons pour les surprendre et ils en rigolent. *Mother always told me be careful of who you love*. Et on se chamaille. Sana dit *be care* et moi je parie que c'est *be careful*. Être aux petits soins ou faire attention à soi, ce n'est pas la même chose. Encore une preuve que le sens se joue à quelques lettres qui peuvent changer le cours d'une vie.

Nous arrivons au rond-point de l'avenue de France et le trac m'envahit. Partout, des gendarmes veillent sur l'ordre à cause des festivités et du prestige de la fête nationale. Le maire et une délégation ministérielle viendront tendre une oreille distraite, nous écouter faire tinter nos casseroles. L'accès n'est possible qu'aux piétons. Au milieu de la route, le barnum tapissé rouge et vert, brodé de fils d'or, est dressé au-dessus d'une estrade. Je suis impressionnée et ma place est déjà réservée à l'arrière, ce qui me convient. Zahira est assise à l'avant avec son luth sur les genoux, elle a lâché ses cheveux et arbore un caftan blanc de créature extraterrestre. Je vois le prof de chant andalou s'agiter et beugler des consignes. Dans quelle aventure elle m'a embarquée, Zahira ! Alors même que je hais le chiqué de ces musiciens andalous, leur faste maniéré de gens trop civilisés. Mais bon, c'est la seule occasion que j'ai de chanter. Les chœurs andalous, ça commence avec des bruits d'ustensiles de cuisine qui ne produisent aucune émotion, puis ça s'enflamme en douce, et quand la poésie surgit, on est atteint en plein cœur. Je participe surtout parce qu'ils chantent du Oum Kalthoum à la fin. Et aussi, parce que les chants andalous portent des noms romantiques tels que *La Nouba des sables* ou *La Nouba des amoureux*. J'arrive à peine que je me fais houspiller à cause de ma tenue de bougre de village, toute de jean et avec Pataugas aux pieds : « Tu pensais chanter avec Madona ou quoi ? »

On m'envoie me changer non loin, dans une bicoque de maçons aménagée en vestiaires pour la circonstance, au milieu du théâtre en construction.

C'est déguisée en Aladin, avec un saroual bouffant et un gilet brodé que je prends place dans le chœur des femmes. Je vois Zahira au milieu des têtes des garçons, tous coiffés d'un tarbouche rouge. Chacun s'agrippe à son instrument. Luths, tambourins, et cette lyre nommée *kanoun*. Le violon qu'ils appellent *machine* domine l'orchestre. Ils le tiennent calé à la verticale sur leurs genoux, comme font les Rednex dans leur *Cotton Eyed Joe* (que je regarde dans *Top Music*) et en moins agité pour ne choquer personne. Le qu'en-dira-t-on, ici, vous guette toujours.

La Nouba des amoureux commence et je suis en transe à cause de mon romantisme à fleur de peau. Je chante et je suis heureuse que mes paroles soient noyées dans la voix des autres :

Approche, arrose-moi
Ô mon amoureux
Tant que mon argousin n'est pas là
Savourons l'heure par crainte qu'elle ne dépérisse

Ses secrets, gardons-les cachés, louons-les,
et glorifions l'amour
Si un amant ne pleure, il ne s'est ni épris ni guéri
En moi la passion se déchaîne et mon amour croît
Et mes larmes coulent sur ma joue

Arrive alors le solo. Les instruments et les voix se taisent. Il est le chant et l'instrument. Vocaliste qui résonne dans toute mon âme. Heureusement que personne ne me regarde. Une émotion nouvelle se distille en doux poison dans mon corps et me plonge dans la léthargie. En moi, le diable s'emballe.

Jusqu'à quand ton absence me perdra ?
Dans le cœur les feux ardents de l'amour
se sont enflammés
Alors quand par ton apparition
le feu pourra-t-il s'adoucir ?

Avec le printemps, l'amour s'est présenté à mes oreilles. Je reconnais ce chant. Il y a quelques jours, je suis tombée amoureuse de cette voix. Je l'ai entendue lors du cours de musique andalouse de Zahira. Elle n'a pas encore de visage et peu importe. Depuis des jours, je viens m'asseoir sur les gradins de la scène de plein air du conservatoire. Et de la fenêtre ouverte, avec le printemps et les fragrances des bigaradiers en fleur, j'ai attrapé l'amour. Une délicieuse douleur s'est immiscée dans ma poitrine. Un battement d'ailes dans mon ventre. Je ferme les yeux et cette voix me nourrit de félicité. Sa manière de prolonger le son M, on dirait un murmure. Je ferme les yeux et la lumière me pénètre.

C'est si beau qu'il se met à pleuvoir. La foule se disperse. Je tiens Zahira par le coude pour descendre de l'estrade. « Ah tu es là », qu'elle me dit sans que je parle. Rien qu'à ma respiration, l'énergie que je dégage, mon amie me reconnaît. Et moi aussi, je pourrais reconnaître Zahira les yeux fermés, un mélange d'odeur personnelle et du savon de Marseille avec lequel elle lave ses habits à la main, penchée sur la bassine.

Le professeur de chant anime une soirée dans un grand palais du côté de l'Agdal. Il a besoin de musiciens et de chanteurs pour l'accompagner. Il nous paie des limonades au café et il embarque Zahira. Je l'embrasse et la conseille avec mes manières de mère poule à qui on n'a rien demandé à cause de la fourberie des gens et de leur tendance extranaturelle à profiter des plus fragiles.

– Fais gaffe qu'il ne t'arnaque pas. T'imagines, c'est un palais. Le cachet des artistes, ce n'est pas des cacahouètes et des chips.

– Je ne vais porter ni la hache ni la pelle. Les vrais artistes sont riches de leur art. L'argent leur est trop sale, ma Loula.

Elle est toujours comme ça mon artiste, à se nourrir, à se féliciter de la musique qu'elle considère comme une récompense. Elle n'attend jamais de contrepartie matérielle.

La voix céleste s'approche. Le soliste vient vers nous et je m'enflamme. Il s'adresse à Zahira qui lui parle avec familiarité amicale. Elle nous présente l'un à l'autre et ma gorge nouée me joue des tours. Je suis incapable d'émettre un son.

« Trabolta », qu'il dit pour se présenter. Un surnom fantaisiste. Et on reste là, gênés, à se regarder avec des yeux d'hypnose. Et la pluie qui en dit long sur notre trouble, et je ne fais plus que flotter au-dessus du monde.

Les filles des Palmiers réapparaissent avec la 103. Il y a aussi Nazik qui est venue avec son petit ami au Yamaha rouge. Un garçon qui a remporté le titre de meilleur sosie de Michael au Koukab, la salle de jeux où nous jouons parfois au flipper. C'est par effraction que nous y allons au sortir du collège, car il n'y a que les garçons qui peuvent s'y rendre au vu et au su de tout le monde.

Du spectacle, de *La Nouba des amoureux*, les filles des Palmiers n'ont rien vu. De toute façon, elles ont le complexe de l'oriental, n'écoutent que Michael et tous les hit-parades du moment qui passent dans *Top Music* à la télé.

Au moment de partir, mon vélo, que j'avais attaché

au grillage du théâtre de l'avenue de France, a disparu. La chaîne est là, brisée à la pince.

Cœur et vélo volatilisés en cette journée que je ne sais si je dois bénir ou maudire.

Résignée, je monte sur le Yamaha rouge, derrière Nazik qui a maintenant le corps en sandwich entre le sosie de Michael et moi. Je tends les bras pour m'agripper. J'apprécierais de disparaître dans l'air qui me happe, m'absorbe et m'élève vers le néant.

Lorsque nous arrivons impasse du cimetière, Croc-Blanc m'attend en remuant la queue. Je lui apporte des restes. Et avec sa dose de caresses quotidiennes que je lui donne et qu'il me rend bien, je raconte mon émotion. L'amour qui est arrivé avec la pluie, rare en pays de soleil.

L'amour à l'oreille, un jour de fête nationale.

4

Messes basses à la résidence des Palmiers.

Je vois madame Jorio parcourir l'immeuble et s'agiter en colporteur zélé. Zahira répète son luth dans ma chambre. Elle est venue me tenir compagnie car je suis d'astreinte pour garder Bébé.

Madame Jorio descend du bureau des fromages, une nouvelle entreprise qui s'est immiscée entre notre appart et celui de monsieur Jacques. Il n'y a pas longtemps qu'ils sont là, mais madame Jorio monte souvent voir la secrétaire devenue sa copine, rouspéter pour « le manque de civisme » et commander des fromages de chèvre qui empestent dans tout l'immeuble. Et dire que j'appelle madame Jorio « tante ». Ici, vous devez appeler tous les adultes tante ou oncle, par respect et subordination. Ce qui m'inspire un syllogisme pour le devoir de français que ma prof madame Lamrani nous a donné. Je me réjouis d'en avoir trouvé un qui a du sens mais qui ne me rassure pas :

« Tous les adultes sont des oncles et tantes. Monsieur

Jacques est un adulte. Donc, monsieur Jacques est un oncle. »

Tonton Jacques ! Jacques est un danger perfide et sans bruit. Ses yeux ne vous voient pas. Les premiers temps, quand nous venions d'emménager, je le saluais poliment. Mais sans jamais de réponse.

Personne ne parle jamais de Jacques. Et Jacques ne parle à personne. Personne ou presque. Ses sbires sont Samba le concierge et Ider l'épicier qui lui livre la bouteille de gaz en personne. Jamais Ider n'envoie chez monsieur Jacques son jeune larbin ramené de l'arrière-pays du Souss. Il est vrai que Moha est très jeune et qu'il est bien potelé, mais qu'Ider se rassure, monsieur Jacques ne s'intéresserait pas à son domestique qui est trop blanc, avec une peau purulente et grasse. Il dort à même le sol de l'épicerie. Monsieur ne jure que par le soleil et les peaux basanées, et il est intraitable sur l'hygiène corporelle.

Monsieur Jacques est une présence. Un corps, un fantôme sans voix comme ses visiteurs. Jacques est notre secret à nous. Lorsqu'il croise monsieur Charly, son unique compatriote qui habite au milieu de l'immeuble donnant sur le boulevard, il s'arrête et échange avec lui quelques mots. Monsieur Charly est différent. Il a un corps de mamie tout en rondeurs avec pommettes saillantes à la madame Pepperpote. On l'appelle monsieur Charly car il a une moto minuscule et basse, une Charly James assortie à son gabarit. Monsieur Jacques et lui ne discutent que s'ils se croisent à l'angle du boulevard vers la boulangerie. Et si Doukali, le compagnon de monsieur Charly, est là, ils se saluent à peine. Qu'ils sont beaux à voir, avec Doukali et sa grande taille et son allure de Highlander, en train de boire la citronnade sur leur balcon fleuri ; ou lorsqu'ils promènent Cannelle, leur chienne caniche, le soir à la fraîche.

Si on ne parle jamais de Jacques, les moqueries vont bon train en ce qui concerne Doukali, un gars bien de chez nous, surnommé ainsi à cause de son physique robuste de campagnard. Et plus d'une fois, en sortant de chez Lady Di, j'ai remarqué les clins d'œil moqueurs d'Ider l'épicier. *Doukali ya doukali*, qu'il chantonne quand il n'y a que des femmes ou des enfants autour.

Aujourd'hui, c'est donc l'unique fois où ça cause de Jacques aux Palmiers. Les messes basses de madame Jorio, colporteur autoproclamé, parcourent l'immeuble et toute la résidence, jusqu'à Lady Di et tous les commerçants qui font face à la prison. C'est qu'il s'est passé un événement. Quelque chose qui a débordé de l'appartement de monsieur Jacques. Un cri. Oui, depuis le balcon de chez Jacques, une voix où on entendait la détermination, l'aigreur et la rage :

– Où sont mes photos ? Rends-moi mes photos.

Crotch grab. Et puis rien. Le silence est tombé. L'affreux silence. Le brouhaha des mortiers qui tintent du côté de la prison, puis la voix du rémouleur qui passe certains matins en appelant et en répétant :

– Madame, ô madame. Couteaux-ciseaux-madame.

Ainsi est-il donc, aussi, question de photos. Maintenant, c'est madame Jorio qui ne cesse de s'agiter. Ça lui passera par confort, pour la tranquillité de la résidence des Palmiers. Cela arrange tout le monde qu'elle mette son énergie et sa hargne dans la lutte contre « le manque de civisme ». Quand elle s'insurge contre les emballages des biscuits Henry's et des caramels Tissot balancés dans l'esplanade Michael et le terrain vague à proximité, où des charrettes viennent la nuit jeter les cadavres d'oranges dont on ne sait que faire dans les souks et dans les cafés. Les touristes en font une vraie cure alimentaire. Ils ingurgitent leur jus par litres par soif de soleil et de vitamines C et D.

Au fond, moi aussi, tout m'indiffère. J'aimerais en rester là de mon existence, grisée du bonheur effrayant qu'il y a dans mon cœur. Une joie immense qui me fait peur. Trabolta et moi, on peut dire qu'on forme un couple. Mon premier couple dans la vie, je voudrais qu'il dure toujours. Il m'a fait une belle surprise : j'essayais de reproduire de mémoire des accords du *Entre dos aguas* de Paco de Lucía que j'adore et qui est le seul, avec les Gipsy Kings, à me faire persévérer. Assise à ma place habituelle sur les gradins de la scène de plein air, je faisais tinter mes cordes et la difficulté de ne produire que des sons boiteux me fit poser mon instrument. Quand on a entendu jouer le grand Paco, on a honte de taquiner une guitare. Je suis frustrée de ne pouvoir exprimer cette émotion en musique, alors je mets mes écouteurs et actionne mon walkman. *Concerto d'Aranjuez* ; je vois arriver Trabolta. Il se dirige vers moi : « Viens. » Il me dit de fermer les yeux et, quand je les ouvre, je vois mon vélo. Il l'a retrouvé, me l'a apporté propre et décoré d'une clé de *sol* sur chaque garde-boue. Depuis, je n'ai que ces images en tête et je ne cesse d'en faire le récit à Zahira.

Je m'approche en douce. Étendue sur mon lit, mon amiétincelle tambourine en rythme sur sa poitrine plate. Ses yeux fixent le plafond. Il n'y a que chez moi qu'elle enlève ses lunettes. Je l'observe. Elle a le vêtement pratique, des tee-shirts en coton qu'elle porte près d'un corps mince et athlétique et qu'elle glisse dans des jupes fluides ou plissées et longues. Pas longues au point d'entraver sa démarche : elles lui arrivent à mi-jambe. Comme elle ne s'épile pas et que des poils lisses et noirs recouvrent sa peau blanche, j'évite d'y porter le regard. Quelque chose d'indécent. Je hais les poils. Zahira a le visage figé dans une expression de sourire mitigé, avec des lèvres serrées qui laissent voir ses dents alignées et blanches.

Elle tient le plectre de son luth à la main. Une plume d'aigle dont ne subsiste que le tronc transparent et solide, malléable comme un organe humain dont on maîtriserait les mouvements. Je m'approche et soudain je hurle : « Deux tortues, avec des mâchoires en pièges à dents. » Et au lieu de sursauter, Zahira rit de bon cœur.

En rentrant du conservatoire la veille, une bécane nous a frôlées. Et comme nous étions absorbées dans un autre monde, un lourdingue nous a foutu une de ces frousses en criant haut et fort :

– Deux tortues, vous deux. Vos mâchoires sont des pièges à dents. Vous faites peur.

Un luth et une guitare en guise de carapaces bien utiles, ce qui rend toute tentative de nous palper le derrière impossible. Parfois, je demande à Zahira de pénétrer son univers. Ce n'est pas tant pour imiter mon amie que pour trouver une forme de synchronisation, changer de perspective. Je ferme les yeux pour vivre le monde autrement. Je deviens non pas aveugle mais clairvoyante. Accéder à ce qui refuse de se laisser voir. Se débarrasser de la vue toujours trop nette mais illusoire. Je garde les yeux fermés tout au long de la marche. Souvent, pour la circonstance, je porte des sandales pour avoir les orteils nus et accentuer les sensations ; et Zahira plie sa canne blanche censée l'aider.

Puis je commence le récit de mes amours naissantes :

– Laisse-moi te parler de Trabolta !

– Oui, et va le chercher à rebours, sur l'autre versant de tes yeux.

– C'est un garçon si beau, parce que Dieu, quand il a fini de sculpter son visage, a tiré sur son nez pour aviver le souffle de la vie et l'a fait pointu et bien droit. Et pour finir son chef-d'œuvre, Dieu a mis son doigt en bas de la lèvre et l'a marqué d'un point sur le menton. Une tendre fossette pour le distinguer parmi les enfants d'Adam. Signaler sa beauté unique, et toutes les musiques du ciel qu'il a mises dans sa voix. Il m'a rapporté mon vélo qu'il est allé chercher chez les voyous là-bas, dans le bidonville d'Akyoud. Nous sommes montés dessus puis nous nous sommes baladés. Lui pédalant et moi assise de côté sur la barre centrale, blottie entre sa poitrine et ses deux bras. Le vélo avançant, brimbalant, sur le trottoir jusqu'aux jardins de Moulay-Abdesslam non loin du conservatoire. Joyeusement entre les citronniers et les aloès, parmi les bouquets fuchsia, saumon et blancs de bougainvilliers. Et il m'a chanté *La Nouba des amoureux*. Avec son souffle céleste qui s'est posé sur ma nuque dénudée à la coupe soleil et l'odeur Pento. Ses bras m'encerclent et me protègent. Je regarde ses mains qui tiennent le guidon. Des mains dodues comme celles de Bébé. Avec une légère couche de blanc craquelé sur la peau, à cause du froid quand il se lève tôt le matin pour « bricoler », comme il dit. Rendre service contre un peu d'argent avant d'aller au lycée. Le froid du soir aussi, quand il joue et chante jusqu'à pas d'heure sur la Grand-Place. Son tricot a l'odeur de réconfort du pain fait maison, comme l'odeur des vêtements de Tamou ma grand-tante quand je me serre contre sa poitrine remplie de tubercules. Elle tousse et je sais qu'il ne m'arrivera rien car je suis née au temps du BCG obligatoire. Je suis avec Trabolta, et j'ai peur même si personne ne risque de nous voir. *Allons, Trabolta, partons là où l'amour est enfance éternelle. Avec des soleils qui ne se couchent jamais sur l'angoisse des soirs. Sans morve, sans sexe, sans violence et sans coups. Dans le monde sans adultes, avec des joies où rien ne s'achète et rien ne se paie.* Il dit que ma voix ne cache rien, et que j'ai des yeux de grande vérité. Qu'il a aimé la franchise de mon rire. Et nous avançons là au milieu de la plantation ; mes vœux s'enracinent dans les oliviers et la végétation que rien jamais n'atteint, pas même la sécheresse de cette terre poudreuse. Le temps est suspendu et les palpitations de mon cœur amplifient les bruits et les parfums du monde.

Zahira sourit avec retenue et sans commentaires à cause de sa réserve excessive due à sa position d'enfant considérée adulte. Car cela arrange tout le monde de compter sur elle pour se débrouiller et ne solliciter personne. Comme elle a de l'intelligence et une sensibilité musicale, je lui fais écouter le *Concerto d'Aranjuez* pour mieux exprimer la puissance de mes émotions.

À peine le morceau commence que la porte sonne. Ce doit être Fatima qui vient réclamer un peu de musique. Quand elle sait que Zahira est là, elle sonne, installe une petite chaise en raphia sous un oranger amer de l'esplanade Michael ; et Zahira commence son récital. Moi, je prétexte la surveillance de Bébé pour me soustraire à l'obligation de faire orchestre avec ma guitare. Mon amiétincelle voit clair dans mon jeu. Elle ne dit rien. Elle arbore son sourire figé et calme, palpe les chevilles de son luth pour accorder son instrument et c'est l'état de grâce. Fatima danse et on ne la reconnaît pas, avec ses mains maltraitées qui s'agitent en ailes d'albatros. Zahira joue. Et tout l'illustre répertoire arabe y passe, la grande Fayrouz, et madame Julia Botros qui chante son *Soleil de vérité éclipsé*. L'aube devient crépuscule. Puis c'est *Habibi tel un faon du désert* de monsieur Alama, la chanson qui fait danser Jean Rochefort dans *Le Mari de la coiffeuse*. *Dana wa Dana*, Fatima claque les doigts, dessine des vagues avec ses bras puis tremblote. Bébé éclate de rire à chaque fois que Fatima imite l'acteur dans cette scène.

Crotch grab. Ce n'est pas Fatima qui sonne. Du judas, je vois les culs de bouteille de madame Jorio. Trouble, car c'est là l'unique vision qui me donne l'impression d'être vue en retour. Puis j'examine la mâchoire d'âne bâté qui laisse apparaître une gencive rose et deux bouts de métal gris sur les deux canines.

Lorsque j'ouvre, madame Jorio regarde vers la bibliothèque d'un air inquisiteur comme si elle s'attendait à voir un amant ou une bête féroce surgir d'entre les livres.

– Ta maman n'est pas là ? Ton papa non plus ?

– Ils travaillent.

– Tu diras à ta maman de passer voir notre voisine Fanida, elle voudrait lui parler.

Toujours là pour se mêler de tout, la mère Jorio. Elle me fait peur, et je me demande comment elle a fait pour être mère et élever deux garçons. Je ne suis pas surprise qu'ils soient partis vivre aux States, car avec une mégère pareille, il faut savoir prendre des distances le plus vite possible.

Madame Fanida, voilà une demande qui me turlupine. Elle ne pouvait pas venir elle-même, notre voisine du rez-de-chaussée. Le bas de son corps est mort et elle marche suspendue sur des béquilles. Elle reste au niveau du sol car il n'y a pas d'ascenseur pour la transporter. On la voit rarement mais je sais qu'elle fait partie de ceux qui surveillent tout aux Palmiers à cause de l'acoustique et de la position privilégiée des premières loges, car tous ceux qui montent dans l'immeuble passent devant chez elle. Et au lieu d'un unique judas, elle en a deux. Un pour elle, l'autre pour son frère jumeau avec qui elle vit en couple ; il a la même infirmité qu'elle, sauf qu'il avance sur un fauteuil roulant. Si seulement elle savait ce que madame Jorio colporte sur elle. Qu'elle partagerait le sang, le lit et le couvert avec son frère. *Crotch grab*. Je t'en foutrais du civisme.

Je m'abstiens de faire fructifier les ragots et n'en touche pas mot à Zahira qui déjà doit partir. Nous avançons sur le boulevard et je l'accompagne avec Bébé jusqu'à son lycée où ils apprennent tout en braille. Un beau lycée bizarrement, avec des jeunes arbres plantés et toute la propreté des lieux touristiques ; mosaïques, barrières de fer forgé et peint grâce aux aides apportées aux aveugles internationaux qui pour la solidarité mondiale doivent bénéficier de l'égalité des chances. Rien à voir avec nos établissements à nous, où il pleut dans les classes. La sécheresse n'est pas sans présenter des avantages.

Les plus belles vérités ne peuvent se dire, elles se chantent ou s'expriment en notes de musique.

5

La propension d'un mineur à passer du temps dehors est corrélée au patrimoine de ses parents. Je fais ce constat car Zahira et Trabolta étant au plus bas de l'échelle pécuniaire, ils ont carte blanche absolue pour entrer et sortir de leurs domiciles familiaux. Moi et ceux de ma résidence, Sana, Nazik, la petite Fatima et tous les autres, nous ne pouvons sortir qu'avec autorisation et à des heures convenables ; ce qui veut dire sans risque de nous faire violer ou d'être déclassés par la réputation. Autrement, pour les besoins de la famille, nous sommes toujours libres et à disposition des adultes qui nous envoient faire le marché et la file longue pour payer l'électricité. Les Missionnaires, eux, grâce à leurs parents riches et bien placés, restent dans leurs bulles d'enfants scolarisés à la Mission française. C'est pour éviter qu'ils fréquentent la populace, ce qui pourrait leur faire rencontrer un mauvais parti pour le mariage. Il faut aussi les préserver pour qu'ils tiennent les rênes du pays et le représentent aux yeux du monde. On ne mélange pas les accents de blédards avec ceux de purs Français. Ces *happy few* (mot que j'ai appris grâce à *Salut* et qui n'est pas dans Petit Robert) vivent donc entre eux sous haut protectorat familial. Leurs grandes villas sont ceintes de murs surmontés de débris de verre tranchants et abritent des fratries restreintes et vivant sous cloche.

Je les croise au CCF mais ils ont souvent du mépris pour nous autres, les enfants du système public. Il m'est arrivé une déception amicale avec l'un d'entre eux, Saadi, un garçon qui était mon camarade à l'école primaire. Il a rejoint la sixième à Victor-Hugo quand ils sont venus sélectionner les meilleurs élèves, parce que ses parents pouvaient payer. L'autre jour, il m'a piquée au vif. Un écrivain animait un atelier à la bibliothèque. Le défi consistait à trouver un événement qui ferait avancer l'action d'une histoire représentée par un singe et un lion. Je n'ai pas osé parler. J'ai pensé que le lion pourrait s'endormir et que le singe, prisonnier d'un arbre, en profiterait pour prendre la poudre d'escampette. J'ai donc murmuré mon idée à Saadi, et il a levé le doigt, pas même gêné. *Crotch grab*. Comme ça, ni une ni deux, pour s'approprier ma trouvaille.

Il est trop sûr de lui, comme un mioche de France. Un pays où ils ne tapent jamais les enfants dont on respecte les droits de peur de voir ses rejetons placés. Du coup, ils ont accès à la parole, eux. Et nous, on nous conditionne à l'asphyxie du silence, on étouffe de mots pas dits.

Avec Trabolta et Zahira, je n'ai pas ce genre de problème. Et même s'ils sont tout en bas de l'échelle des apparences sociales, je me sens plus proche d'eux.

Nous fonctionnons sur le principe des associations utiles et n'hésitons pas à nous rendre des services. Zahira révise son bac chez moi pour être tranquille et accéder au piano lorsqu'elle fait des pauses. Elle tient son stylo-poinçon pour écrire en braille. Elle a l'index en bec pour serrer le petit manche d'une grosse aiguille qu'elle plante dans le papier épais et qui dessine des points qui suivent les tracés de petits carrés remplis de manière variable. Mon amiétincelle est surtout préoccupée par le brevet de piano dont l'épreuve a lieu à la fin de l'année dans la ville-mer. Zahira est si douée qu'elle passe du luth au piano comme on change de chaussures.

Monsieur Jacques, lui, ne doit pas aimer la musique. Mes gammes le contrarient et quand il me croise, son indifférence se change en regard lourd de reproches. Samba est même venu sonner l'autre jour pour me demander de jouer moins fort. Et dire qu'on le considère artiste, monsieur Jacques, tant il est le seul à pouvoir vivre ainsi sans horaires de travail obligé et subordonné à autorité comme nos parents, disposant de son temps libre de toute contrainte et photographiant à volonté ses petits visiteurs. Il les mitraille d'un flash strident et pénétrant leur chair tendre et, depuis les cris de l'autre jour, j'ai l'impression qu'ils ne sont pas vraiment d'accord. C'est bizarre qu'une séance d'art ou une visite amicale se termine par des sanglots d'enfant et des portes qui claquent.

Avec Zahira, Jacques ne risque pas de se fâcher. Elle prétexte régulièrement des pauses pour jouer *Roméo et Juliette* pendant que je lis. Un livre que j'ai récupéré à la réception du PalmEden où travaille mon père : *Tous les matins du monde*. Si je ne saisis pas tout, j'ai bien compris que Marin Marais, le personnage de l'apprenti musicien, quitte Madeleine pour Toinette qui a des seins plus gros. Ce qui me fait penser à *L'Âne rouge* de Simenon, un roman que je garde précieusement dans mon sanctuaire. Jean Cholet y trompe son amoureuse Lulu, bien trop maigre, pour un corps aperçu en traversant un corridor. Il a suffi d'un ventre puissant et d'une forte poitrine pour que Jean perde la tête et trompe Lulu. Lui aussi, comme Marin Marais.

J'écoute Zahira jouer et je me demande : Roméo ou Trabolta perdraient-ils le nord pour un ventre puissant ? Juliette avait-elle des seins lourds ? Moi qui n'ai fait que dompter les miens dans un petit bol rond.

J'use de subterfuges pour sortir à ma guise. Ce soir, j'irai dormir chez Zahira. Ce n'est pas tant pour passer la nuit chez elle que pour aller voir Trabolta sur la Place où il chante et joue le soir. Je suis curieuse et je veux l'entendre. Comme j'ai promis d'accompagner mon amiétincelle pour son audition à la ville-mer (où mes grand-mères Mi-Milala nous offriraient le gîte et le couvert), elle a accepté de me couvrir pour notre escapade sur la Grand-Place. Encore faut-il que ma sœur rentre pour me remplacer auprès de Bébé.

Ma mère a donné son accord pour que j'aille dormir chez Zahira dans sa maison du quartier Les Indigents, à condition que Farah soit rentrée.

Une qualité que je dois reconnaître à ma mère, c'est sa générosité sincère et authentique. Sa tendresse pour les pauvres n'est pas feinte. Je vois bien qu'elle est à l'aise avec les illettrés, les femmes de ménage et les gardiens de parking. Ces pauvres, nous en sommes ; nous avons des racines dans leur souche. L'aisance n'est possible que parmi eux, et cette aisance elle me l'a transmise. Cela me rassure dans mon affection pour Trabolta mais il faudrait alors toujours rester enfants, ne jamais emporter l'amour au pays des adultes où ce serait interdit pour les convenances de se fréquenter entre gens de milieux différents.

Farah doit revenir tout à l'heure de chez Sidi, mon grand-père. Mon seul ancêtre installé dans cette ville. On ne fait que se croiser ces derniers jours avec Farah. En ce moment, elle passe beaucoup de temps dans la maison de Sidi, qui vit avec une épouse plus jeune que ma grand-mère et avec des enfants, mes tantes et oncles, qui ont nos âges. Moi, je n'aime pas y aller, car tous les après-midi chez Sidi, on est obligés de faire la sieste sous prétexte de devoir se détendre, on est donc en détention pendant au moins une heure, ce qui m'étouffe car j'ai été diagnostiquée claustrophobe et que je ne dors jamais le jour.

Nous avons installé l'appareil des Télécoms il y a seulement quelques jours. Cela ne nous dispensera pas d'aller jusqu'à la cabine téléphonique du cimetière chrétien, car il vaut mieux payer ce que l'on doit tout de suite plutôt que d'attendre la facture et d'avoir une mauvaise surprise. Un téléphone, c'est plus utile pour recevoir que pour transmettre, c'est économique.

Je téléphone donc chez Sidi et demande à parler à Farah. Pas même le temps d'entendre une sonnerie complète que ma demi-tante répond. « C'est la Vache-qui-rit qui veut parler à sa sœur. » Et aussitôt je raccroche. Ainsi donc, on se moque de mon sourire aimable et mes pommettes saillantes. Tu te montres gentil et tu passes pour niais.

Voilà pourquoi je n'aime pas y aller, chez Sidi. C'est à cause des mariages pluriels, qu'ils soient concomitants ou successifs. C'est vrai que j'ai le sourire constant. Ils m'en veulent de résister par amabilité et, peut-être aussi, à cause de mon apparence qui s'est féminisée. Le masculin pour eux impose plus de respect.

Et j'ai choisi d'être une fille parce que le rôle de victime désignée, s'il présente beaucoup d'inconvénients, n'est pas sans conférer quelques avantages. Il suffit de penser à monsieur Jacques et à ses petits visiteurs. Une fréquentation exclusivement masculine. À part sa femme de ménage, une dame noire qui applique la même tactique que lui et toise tous les habitants des Palmiers, aucune femme n'accède jamais à son domicile. La vieille femme au service de Monsieur porte toujours un tablier blanc qui lui sert de carapace boutonnée jusqu'au menton. Elle n'a pas de cou et sa petite tête que j'aperçois en levant la tête vers le balcon du numéro 7, lorsqu'elle secoue les descentes de lit, ressemble à celle d'une tortue farouche. Elle n'est là qu'une heure ou deux le matin, ce qui diffère des coutumes locales qui veulent que le personnel reste à la journée pour pas cher. À part le dimanche, tous les jours elle vient, et tous les jours elle s'en va, et tous les jours elle se tait.

Farah sonne enfin à la porte. À sa manière musicale de procéder avec un son en deux doubles croches, je sais que c'est elle. Je regarde tout de même par le judas. Je vois sa natte pour laquelle je la jalouse. Au début, mes parents n'étaient pas contents d'avoir deux filles successives. J'avais donc droit parfois à des salopettes-boots, et à des jeux de travaux publics avec des pelleteuses et des tracteurs de fermier, ce qui m'obligeait à prendre une grosse voix pour être crédible et faire vivre les personnages. La coupe-garçon, ils ont dit que c'était pour mon bien, car c'est plus facile à coiffer quand on a des cheveux crépus, et qu'apparemment ça s'accordait bien avec mon visage rond.

Quand je suis venue au monde, mon père voulait un garçon. Mes parents n'avaient envisagé que des prénoms masculins. Heureusement que la première visiteuse à venir me voir à l'hôpital portait le prénom de Layali, autrement j'aurais porté un de ces prénoms qui vous couvrent de honte : Daouia, Hachouma ou Loubaba. Ma mère aurait eu comme félicitations quelques piques en douce : « Tu es comme ta mère, tu ne fais que des filles. » Mon père, à son arrivée à la clinique, grâce à mon corps potelé et harmonieux, à mes yeux de grande vérité et à mes pommettes saillantes (celles-là mêmes qui me valent ce *Vache-qui-rit* d'aujourd'hui) avait fini par m'accepter. Il aurait dit « Quelle belle petite ! » puis était parti et revenu avec un bouquet de roses cette fois, en lieu et place de ses mains vides d'homme déçu. Indirectement, on a tous essayé que je sois garçon plutôt que fille, mais ça n'a rien donné. Je suis devenue fille par arrangement et par choix et parce que notre vraie nature finit par avoir le dernier mot.

D'où les incidents diplomatiques avec ma sœur. Je lui ouvre et elle me donne une lettre en me taquinant. C'est Morad qui me l'envoie. Un garçon qui me tanne pour que je lui donne un smack. Même s'il fait partie de la horde des Palmiers, je n'ai pas parlé de lui plus tôt car je ne peux évoquer les figurants, ceux avec qui je n'ai pas d'affinités. Il est au lycée Hassan-II avec mon amie Sana et elle m'a raconté que son français est tellement nul qu'il lit *skéma* au lieu de *schéma* et *charisme* comme on dit *chameau* ou *chapeau*. Morad habite au sein même de la prison où son père est sous-directeur. Il est le seul des Palmiers à franchir le grand portail des Mortiers. Il nous raconte souvent des bobards pour nous impressionner. *S'il te plaît donne-moi un smack*, qu'il a rédigé avec des manières sexuelles qui me dégoûtent. Depuis que j'ai écrit un nouvel hymne anti-Jacques, il ne cesse de me faire la cour. Il a été séduit par le pouvoir de l'art et du verbe. Dommage pour lui, la voix de Trabolta s'est déjà infiltrée dans mon cœur.

Crotch grab. Avant de rejoindre la Place, nous passons chez Lady Di nous faire coiffer. Les veilles de fête et les fins de semaine, les visiteuses des Mortiers attendent des heures. Parfois, elles n'arrivent pas à entrer dans la prison et finissent par repartir bredouilles d'affection. Elle est si généreuse Lady Di ; elle choisit toujours une dame refoulée de la file des Mortiers qu'elle coiffe gratuitement pour le geste, pour la fraternité et le bonheur qui compte toujours double quand il arrive par surprise et sans contrepartie.

Zahira et moi prenons place pour attendre notre tour, et mon amie sort son luth qui adoucit le brouhaha de la rue et les tintements des mortiers dehors. Lady Di coiffe la petite sœur d'un prisonnier dont on ne sait rien. Je me dis que c'est peut-être la sœur du prisonnier sexuel. Le Sensible, cet homme dont j'avais vu l'organe et dont le souvenir me revient parfois.

Dans le bac à laver, je vois la perruque de madame Boutboul la voisine. Lady Di m'a déjà expliqué qu'à cause de son statut de femme juive mariée, madame

Boutboul de l'immeuble E est obligée de cacher ses cheveux, je veux dire ses cheveux naturels, au profit de cheveux factices et manufacturés.

Encore une de voisine qui comme Jacques garde ses distances des gens des Palmiers, mais pas pour les mêmes raisons. Une fois, j'ai vu un de ses fils avec la Torah à la main dans l'escalier. Je lui ai fait signe de venir jouer avec nous aux cartes ou aux dominos et il a déguerpi et remonté l'escalier pour rentrer chez lui. C'est une famille nombreuse et ils ont des cordes qui pendouillent du pantalon et qu'on appelle des tsitsits, ce qui est bizarre comme nom à cause de la ressemblance avec *zizi*. Ils ont une école non loin et ils s'y rendent chaque matin en fratrie innombrable sans se mêler à nous autres. On les entend chanter tous les vendredis soir, et depuis la fenêtre de notre cuisine, je les vois assis à table à psalmodier haut et fort dans une langue si belle, à la musique si semblable à la nôtre. La veille des vacances scolaires, je m'installe sur le balcon pour écouter leurs chants qui m'arrivent depuis leur école-synagogue perdue au fond de l'impasse de l'Alque.

Pas besoin de voir Jacques pour savoir qu'il est là. Monsieur Jacques. Jajacques, que nous appelons aussi Jacquot pour la licence poétique qu'exigent les chants qu'on lui confectionne afin de crier de vérité et se venger. J'entends dehors les paroles qui me valent les pauvres missives de Morad. Une cantilène (mot appris grâce à la Boîte à Merveilles de monsieur Sefrioui) dont j'ai eu l'idée en regardant le Top 10 de *Top Music*. Une reprise inspirée de la chanson des Rita Mitsouko :

Le p'tit brun s'en va faire la compagne
Va-et-vient poursuit son chemin
Et les enfants
Et le p'tit brun
Quand le soleil l'enflamme
En couchant, à tout bout de champ
Personne ne sait ce qui s'y fait
Personne ne croit Il faut qu'il voie
Mais moi je suis quand même là !

Ô qu'il est beau qu'il est beau le lavabo
Ô qu'il est laid qu'il est laid le laid pédo
Ô qu'il est laid qu'il est laid le laid Jacquot

6

Bras dessus, bras dessous, Zahira et moi avançons vers la Grand-Place. La petite Fatima a voulu s'incruster et nous accompagner ; même si ça me coûte cher de la blesser, il a fallu la dissuader, j'ai donc fini par la traiter de pot de colle et elle est partie fâchée.

Les lunettes de soleil que Nazik m'a prêtées pèsent lourd sur mon nez. C'est une jolie paire que je ne peux me payer en toute honnêteté, avec le vrai logo Versace, celui tout d'or brillant sur les branches. Cheveux lisses et volant au vent, nous marchons les pieds ouverts et prêts à avaler les obstacles. Car moi aussi j'ai investi dans des chaussures. Des escarpins blancs à talons bas et confortables, avec un nœud papillon rouge pour m'assortir à Zahira qui a reçu en cadeau de l'Internationale des aveugles un collier en toc avec un papillon rouge en pendentif et qu'elle porte tout le temps.

Ma pauvre Zahira, elle a les orteils cabossés avec des ongles en cailloux striés, épais et difformes à force de se prendre les obstacles. Ça ne l'empêche pourtant pas de marcher, marcher, marcher. Elle dit que c'est sa manière à elle de faire du sport, qu'elle n'est ni Guerrouj, ni Surya Bonaly, dont je lui décris les sauts et les tourbillons sur glace quand nous regardons la télé certains dimanches après-midi.

Toutes pimpantes, nous nous dirigeons vers la Place. Ça empeste le Elnett et les parfums Vanderbilt et Varensia dont Lady Di nous a vaporisées. La coiffeuse a la concession Ulric de Varens dont elle vend les parfums au marché noir pour arrondir ses fins de mois.

Je n'ai pas peur d'avancer à l'aveugle. J'entends le bruit des moteurs des grands bus Jet Tours remplis de touristes qui voyagent en low cost et en demi-pension. Claquements de langue que font les sabots des chevaux des calèches qui trottent sur le bitume. Une nouvelle odeur se diffuse : celle du crottin mêlée au parfum des roses des avenues et à l'odeur des pots d'échappement des mobylettes.

Une seule fois seulement que j'entrouvre les yeux. C'est qu'un touriste nous a interpellées.

– *Looking for Yves Saint Laurent House*, qu'il nous a demandé.

J'entrevois la silhouette d'un homme et aussitôt je referme les yeux. Ce qu'il y a de bien quand on joue aux aveugles, c'est qu'on peut toujours s'arranger avec les formes. Cet homme, je peux lui dessiner le visage que je veux, et je n'ai aucune déception.

– *Doesn't exist. The real name is les jardins Majorelle,* que je réponds.

Tellement fort mon déguisement, que lorsqu'il se rend compte que nous sommes aveugles, l'homme me tient par le coude et nous fait traverser la route.

Les murs de cette ville me parlent. Ses musiques, et tous les recoins de ses organes dont je maîtrise l'anatomie, je les connais. Nous arrivons près de l'hôtel Islane. Je le sais car j'entends le chant nasillard de l'ânonneur de Coran qui fait la manche, adossé à la tombe blanche de l'esplanade de la Koutoubia. J'ouvre les yeux et splendeur. Je n'avais encore jamais vu la Place envahie par la brume blanche des vapeurs, sous le ciel rose des fins de journée. Comme si je recouvrais la vue après une nuit interminable. Et l'angoisse des crépuscules me saisit.

Partout, les bus à deux étages. Vers le Club Med, vers le bâtiment historique de la Poste et vers le commissariat central. La Place nous absorbe, nous tire vers son centre. Là où les flots de touristes se déversent, avec leurs chapeaux pour éviter les morsures du soleil et les Kodak autour du cou pour immortaliser *Space is the place*.

Grand théâtre de l'humanité et de la faune et de la flore la Place. On y vient du monde entier fraterniser avec des singes qui sautent partout, coiffés de casquettes et de couches culottes, qui vous font des saluts militaires et poussent des cris de joie gratuits, qui aiment l'argent et prennent la pose sur la photo pour dix dirhams. Tout se paye. Tout se paye à cause de Darwin et de sa théorie. Il y a aussi l'attrait pour les serpents d'ici. Ils sont si inoffensifs que l'on peut les enrouler autour du cou pour se prouver qu'on n'étouffe pas malgré le danger qui nous encercle tout près du but. Qu'il faut se rassurer, et qu'on n'a rien à craindre et que la vie finit par triompher. Partout les barbecues et les marmites géantes, car il est appréciable de manger et boire. Faire un pied de nez à la mort pour la tenir à l'écart.

C'est au stand n° 12, chez Hassan le vendeur d'escargots, que nous rejoignons Trabolta. Je le vois assis de dos et le trouble m'envahit. La gêne de faire quelque chose de mal mêlée à l'allégresse qui me pousse vers lui avec la force d'un aimant. Il me serre la main et je deviens une autre. Il me regarde avec ses yeux de tristesse et d'amour, j'ai le corps qui bat, qui bat de partout ; tout est transfiguré, et je reste là, assise avec mon émotion.

Trabolta nous paye des bols d'escargots. Un bouillon parfumé d'épices piquantes dans lequel flottent de minuscules carapaces. Petits objets qui auraient été parfaits pour dresser mes seins quand ils sont venus au monde. Sur la charrette aménagée en stand, une grosse marmite fume en continu et l'homme en tablier blanc y plonge régulièrement sa louche. Les coquilles vides s'entassent autour dans des bassines en plastique. Des demi-citrons piqués d'épingles à nourrice sont disposés çà et là. J'en saisis une et la donne à Zahira qui, après avoir siroté le bouillon, s'empresse de plonger les doigts dans son bol et plante les aiguilles dans la chair des escargots.

En tapinois, je regarde la petite installée près de nous. J'ai tout de suite vu sa poussette en arrivant. En guise de visage, elle porte un masque de Goldorak ; le même que Bébé a acheté à la fête foraine. Je comprends de suite le lien de parenté avec Trabolta. C'est sa petite sœur, son Bébé à lui.

Autour, il y a le brouhaha des sons qui s'entrecroisent. Trompettes des charmeurs de serpents, darboukas et bendirs des orchestres traditionnels, crotales perçants et tambours des musiciens *Gnaouas* ; et des boutiques de souvenirs non loin, une cassette diffuse la sourate de La Vache. Tintamarre envoûtant qui me plonge dans un état de conscience modifiée. J'ai toujours été sensible aux sons et aux chants.

Le trouble s'accentue en moi en voyant la foule, les touristes qui partout prennent des photos, qui vipère autour du cou, qui tortue en main et singe en robe de soirée agrippé à l'épaule. Et la fumée des plats, des grillades de saucisses et des cigarettes. Soudain, le mal-être. Et si on me voyait, un prof de mon collège ou un voisin. Un garçon passe et nous offre des boulettes emballées dans de la cellophane.

Tu as l'air tendue, Loula ! Oui, et l'alternance de sentiments contradictoires me fait chavirer. Culpabilité versus liberté. Partition violente. Zahira, elle m'épate. Avec ses manières de fille bien sous tous rapports, elle vit sa vie au calme et sans censure ni vagues. Souriant comme si elle percevait tout du spectacle.

Nous avalons les boulettes de pâte hilarante. Drogue populaire et ancestrale. Un mélange sucré de noix hachées et de résine de cannabis. Plus d'une fois les garçons de ma classe m'en ont proposé mais j'ai toujours refusé.

J'en mange un bout et jette le reste en douce. C'est que je tiens à garder ma lucidité. Tout le discernement qu'il faut. Nous avançons dans la foule bras dessus, bras dessous en tractant la poussette. Enfants de la Place, des Palmiers et des Indigents. Vive la mixité sociale. Il y aurait ce plagiaire de Saadi que la mixité serait complète.

Et nous chantons *La Nouba du soleil du soir.*

Ô soleil du soir, doucement, ne meurs pas
Tu enflammes mon état et mon amour du beau croît
Dans la rivière d'or, le visage de l'aimé luit en astre
Et l'échanson courtois arrose nos coupes vénitiennes

Des flics à bedaine sont là en civil. Protection des touristes oblige. Ils connaissent tout le monde et j'ai l'habitude de les voir rôder dans leur panier à salade vers les Palmiers et même autour de mon collège.

– Qu'est-ce que tu fais là de nuit, fille de bonne famille, toi et ton amie l'aveugle ? Tes pieds débordent, petite. Vos cartes d'identité toutes les deux !

Je ne lâche rien de peur d'une saisie de papiers et du scandale qui s'ensuivrait avec punitions parentales. Je remarque que Trabolta est invisible aux deux flics, ou peut-être le considèrent-ils comme majeur, lui, en raison de son appartenance sociale d'indigent. Mais il les regarde bien dans les yeux. D'abord silencieux, il finit par les saluer en paix, glisse la main dans sa poche et leur serre les paluches pour leur graisser les papattes. Ô changement d'humeur. Les deux agents caressent nos têtes de chérubins, nous disent : « Amusez-vous bien, les enfants ! On viendra vous voir au conservatoire, nos petits artistes. » Ils savent tout, et pour se faire amis-amis, ils se retournent et nous offrent des bâtonnets de coton de sucre, barbes à papa roses en l'absence de nos pères. Merci les *Rapetou* !

La Place est un monde sans nationalités sans tabous sans qu'en-dira-t'on. J'entends les langues qui cohabitent et une sublime musique coule dans les oreilles.

Je n'étais encore jamais venue ici de nuit. Le jour, la Grand-Place est un cercle bordé de stands de jus d'orange. Un espace presque vide où des dames, sous les parapluies qui les protègent du soleil carnassier, vous lisent l'avenir dans les cartes et vous proposent des tatouages au henné en vous mettant les catalogues-photos de leurs créations entre les mains.

Nous arrivons à temps pour le numéro de Trabolta et sa troupe. Les spectateurs se placent en ronde, qui debout, qui assis sur des tabourets en plastique. Que le spectacle commence. Un vieil homme que tous appellent Patron présente son chapeau de cow-boy pour récolter le cachet des artistes basé sur la générosité du public. Je me serre contre Zahira. L'orchestre singulier commence. Trabolta frotte son archet contre les cordes du violon qu'il tient fermement vissé au genou. Un nain à ses côtés tape sur les percussions et ses épaules tressautent régulièrement de manière incontrôlée. Transe. Il est beau mon Trabolta avec cette expression de grande création qui lui crispe le visage. Des ondes de ricochets se dessinent sur ses joues. Ses yeux se ferment et sa tête se penche sur le côté comme pour un face-à-face avec sa *machine*. Bouche fermée, il sourit aux anges. Transcendance. Tous appellent : *Hmidcha, Hmidcha…* Une danseuse qui accourt sur la pointe des pieds. De son visage, on ne voit que des yeux noirs soulignés de khôl. Les franges perlées de son foulard masquent son front et un fichu rose voile son visage. Elle a une robe rouge et longue de femme berbère ceinte de paillettes et de pièces d'argent qui tintent à chaque fois qu'elle se déhanche en dessinant des huit avec son bassin et sa taille fine. Elle a le diable au corps et une poitrine plate qui accentue la grâce de ses épaules qu'elle bouge dans un mouvement parfaitement synchronisé à ses pas-plumes. Des chaussures à talons qu'elle glisse sur le sol en sautillant et en poussant des youyous pour le folklore. Hmidcha vibre puis mime le galop d'un cheval et tout le monde l'applaudit de désir. Cette femme me fascine. Un pincement dans mon cœur amoureux, jaloux en regardant Trabolta qui côtoie une telle beauté. Hmidcha marche maintenant d'un pas de grâce et Patron la suit, avec deux pigeons en cage sur la tête et à la main son chapeau où les pièces tombent. Promesse du clou du spectacle. Une bassine en tôle apparaît et aussitôt Hmidcha monte dessus. Elle se déchaîne, tape des pieds en crispant ses muscles. Ses bras s'agitent et on l'applaudit comme on n'a jamais vu personne danser ainsi de toute son âme. Elle chante d'une voix rocailleuse :

De devant ma porte, écarte-toi ! Ô écarte-toi de ma vue, j'attends la beauté pure !

Tout le monde répète. Et tous chantent en chœur. Brides lâchées, le peuple danse sur des bassines rouillées et cabossées. Trabolta passe son violon à Zahira qui prend le relais instrumental. Mon aimé danse avec des gestes de bras qui nagent la brasse et le public acclame ce joli nom d'artiste : *Trabolta, Trabolta !*

Hmidcha me tend la main. Elle m'a choisie, elle me ceinture. À moi la bassine. Je danse et trépigne sur la tôle. Derrière les visages des spectateurs, je vois l'ombre énorme s'approcher. La chape de plomb qui nous écrase. Tout noircit autour. J'entends les sibilances à peine audibles d'un vélo qui avance. Des entailles au fond de l'oreille. Je l'entends arriver de loin. Je vois les doux cheveux poivre et sel, le corps vaillant et musclé, presque dénudé. Monsieur Jacques se promène, short court et marcel toujours. Monsieur Jacques traverse la

Place sur son vélo à cornes. Monsieur Jacques est là. Il s'approche. Jacques est partout. Je vois trouble. Patron pose la cage au sol, les pigeons dansent aussi et la cage s'ouvre. Danser, se libérer. Un battement d'ailes dans mon ventre. Liberté pour les oiseaux prisonniers. La bassine s'affaisse. M'échapper pour toujours. Je trébuche. Je tombe. Je mords la poussière.

Lorsque j'ouvre les yeux, le spectacle est terminé. Je vois Hmidcha ôter son voile. Elle enlève sa robe, enfile un tee-shirt noir et un short en jean. Hmidcha range ses habits, sa ceinture et cette couronne de perles et de paillettes qui servait de cheveux à son crâne rasé d'homme aimant danser en femme. Matériel fourré comme on fourre une serpillière ou un tablier sale dans son sac. Une mallette en cuir, identique à celle où madame Lamrani range nos copies d'examen et nos dissertations où on est souvent appelés à raconter l'histoire des monuments de la ville pour appâter un ami touriste. Hmidcha a une moustache. Il serre les paluches de l'orchestre et Patron lui remet son cachet. Il s'approche de moi et me rassure : « L'esprit du djinn qui t'habite doit beaucoup aimer cette Place. »

La petite Goldorak me sourit de derrière son masque. On me réanime avec un bout de sucre. Zahira me tient la main et Trabolta me console. *Oui, on vivrait bien là, Trabolta et moi*, qu'on dit.

CE QUE JE SAIS DE MONSIEUR JACQUES

Creusons là nos tombes d'enfants
amoureux
sur la Place où tout est joie
là où les serpents ne mordent pas
la mort n'existe pas

7

Il ne s'est rien passé. Le bonheur a l'air de coûter très cher.

Même si ma mère était d'accord pour que je dorme chez Zahira, je crains sa réaction. Et j'évite de penser au devoir de mathématiques qui m'attend. Ma bête noire, car monsieur Joubad (dont le surnom signifie bâton) n'hésite pas à manier l'arme pour secouer les garçons. Jamais les filles. Il tape et ma cicatrice frémit. Là, c'est un DM qui porte sur les identités remarquables. À part ce titre hautement poétique, je n'ai rien compris. Qu'est-ce qui peut être remarquable dans une identité ? Le nom (Samba, un chien Bobby ou Jacques, tout a un nom), le sexe (apte ou inapte à monter chez Jacques), ou l'adresse (les Indigents, les Palmiers en demi-teinte et entre-deux, et les Missionnaires avec une identité puissante tout en haut de l'échelle). Heureusement que le français est là pour amortir. Mes notes en maths ne se comptent pas cette année, elles se décomptent. Monsieur Joubad dit : « Qu'est-ce que je disais, Benamou ? »

Et moi, je bafouille et lis les titres sur le tableau : « Ben, que les identités sont remarquables. » Joubad me colle des moins deux qui s'additionnent aux moins deux. Que du négatif et du crédit.

Je rentre donc seule aux Palmiers à l'heure du vide du dimanche matin. Le temps est à l'orage et une pellicule de rouge recouvre tout. L'impression de voir le monde sur une photo sépia.

Je suis tombée en amour, et cet amour-là, je le sais, est mal.

Pas de file devant la prison des Mortiers, et de tous les magasins qui lui font face, seule l'épicerie d'Ider est ouverte. Des cagettes disposées jusque sur les grandes marches de la résidence, s'exhale l'odeur des bouquets de menthe que l'on vient acheter pour le thé du petit déjeuner familial.

Doukali ya Doukali, qu'il chantonne Ider, quand il me voit passer. Lady Di est encore fermée ; le dimanche, elle n'ouvre que vers midi à cause des grasses matinées dominicales.

J'aperçois monsieur Jacques à l'angle de l'impasse et du boulevard. Il a acheté deux baguettes à la boulangerie et il discute avec monsieur Charly qui tient Cannelle en laisse. Il est rare que ces deux-là soient ensemble. Monsieur Jacques se méfie de tous ceux qui ne sont pas ses petits visiteurs.

Silence dans la ville. J'ai des démangeaisons dans le cœur. Un état de sensibilité tel que ces carapaces de tortues qui tombent des jacarandas, je ne les écrase pas comme nous aimons à le faire en rentrant du collège. Tout a une vie, même les écailles sur les troncs des palmiers, et cette toile d'araignée qui recouvre les Palmiers, et les Mortiers, et tout le quartier, et la ville-sans-mer. Et même ce petit corps qui dort dans le corbillard et qui s'avance vers le cimetière chrétien couvert de bouquets de roses et de mimosa, escorté par des chapeaux élégants et noirs. Enfin tranquille, là où on ne lui fera plus mal. Dans ce cimetière proche de la muraille des Mortiers où l'on enterre les scélérats et quelques Valjean. Tout a une vie. Tout a une mort.

Comme à chaque fois qu'un nouveau pensionnaire arrive au cimetière ou à la prison des Mortiers, la horde des Palmiers regarde depuis les balcons. Je croise le petit Boutboul, kippa sur la tête et franges tsitsits pendouillant du pantalon. Il m'aperçoit et il déguerpit dare-dare. À croire que je lui fais peur, alors que j'aurais aimé sympathiser avec lui et sa fratrie ; mieux connaître sa culture à la fois étrangère et proche, sur laquelle s'ouvre ma fenêtre, et ces rituels que je partage en catimini avec sa famille tous les vendredis soir, comme tout ce que je partage avec monsieur Jacques.

Je m'arrête vers l'esplanade Michael et j'entends du haut de l'immeuble D : *Annie are you ok ? Are you ok, Annie ?* Sana et Nazik me hèlent avec force codes et mises en garde pour me signifier en langage Palmiers que quelque chose s'est tramé pendant mon absence.

Puis elles me font signe qu'elles me téléphoneront pour en parler.

Lorsque j'arrive devant l'immeuble A, les adultes parlent à voix basse. Les voiles du silence, ça se tisse en secret pour les besoins de l'invisibilité. Je dis à peine *bonjour* que ma mère me fait des pleins phares avec les yeux. De ceux qui me somment de monter et au plus vite.

– Va te détendre, qu'elle dit. Va te détendre, qu'elle répète, ma mère, haut et fort devant les culs de bouteille de madame Jorio et le corps à moitié mort de Fanida.

Se détendre, cela veut dire rester en détention comme lors des siestes de chez Sidi.

C'est les *Gnosiennes* ou les *Gymnopédies* en arrivant dans l'appart. Ma sœur Farah travaille son piano, et Bébé gratte la guitare pour l'accompagner.

Les *Gnosiennes* pour m'achever le cœur en ecchymoses d'amour, c'est le pompon. Avec cet air prémonitoire qui semble signifier : *Ce n'est pas fini, tu n'es pas au bout de tes peines ; l'amour se paie et tout se paie.*

J'ai d'emblée envie de me réfugier dans ma bulle avec le walkman, Michael ou le grand Paco ; mais la veille, j'ai oublié les piles sur le balcon. À cause du froid de la nuit, elles ne fonctionnent plus.

Je fouille dans le panier de jouets de Bébé. Qu'il est hideux ce masque Goldorak. Avec cette expression hostile de machine animée. Je le mets et m'empresse de me regarder dans un miroir. Une figure à la Jacques. Faudrait porter des masques et cacher nos visages, nos hontes et nos cicatrices.

Du judas de la porte filtre la lumière dans le couloir obscur où se succèdent les rangées de livres. Enfin, mon sanctuaire. Je ne suis bien que là, livres et judas à proximité. Masque sur le visage, je colle l'œil au trou et je me sens mieux. L'œil est un organe marin qui cherche constamment la lumière. De l'extérieur, l'aspect de la lentille ressemble à une spirale de couleurs. Un œil bleu qu'on dirait. Le tube du judas, conçu pour une porte plus épaisse, dépasse de l'intérieur, ce qui donne l'impression d'un crochet disgracieux planté au milieu de la porte, et me permet de garder de la distance avec tous ceux qui se plantent là, ignorant ma présence.

Voilà Jacques qui surgit. De son pas de loup athlétique qui, lorsqu'il ne porte pas son vélo, monte les marches par deux et ne fait jamais de bruit. Il est passé tout près des adultes occupés en messes basses sans même qu'ils prêtent attention à sa présence. Short ultracourt et moulant, marcel blanc comme toujours. Il a son filet de courses bleu sur l'épaule. Monsieur s'arrête, s'approche et regarde par le soupirail du mur. Il prend son temps. Je ne peux détacher mon regard de son sac. En plus des deux baguettes, des Kinder à gogo en barres de chocolat, et des œufs qui s'ouvrent sur des surprises. Puis Monsieur hâte le pas et regagne son appartement. Monsieur n'a pas confiance. C'est pour cela qu'il ne laisse jamais son vélo à cornes en bas de l'immeuble. À cause de l'hymne anti-Jacques, et du vomi des oranges amères, et des pneus qu'on pourrait poignarder à force de couteaux-ciseaux-madame.

Une porte claque et je sursaute au souvenir de la petite Goldorak dans sa poussette. Puis c'est Croc-Blanc qui fait la poule. Il a le chic pour s'enticher de ceux qui lui font du mal, lui balancent des cailloux pour l'embêter. Ses petites pattes ne dépassent jamais la limite des Palmiers et de l'impasse du cimetière. L'instinct de la sociabilité ne l'empêche pas de s'approcher des infréquentables et des charrettes qui viennent le soir jeter les peaux d'oranges pressées dans le terrain vague en face, où ça fermente et pourrit. Croc-Blanc suit les chiens des trimardeurs et se fait parfois mordre. Il est sur son territoire et il n'en mène pas large. J'enrage et pour me calmer, je reste collée au judas.

Le *sunwalk* démarre dans l'escalier. Deux visiteurs montent chez Jacques. L'un des deux attire mon œil, avec son corps potelé et ses cheveux lisses et huilés. Plutôt bien habillé, avec chemise noire et pantalon en lin de couleur beige. L'autre qui l'accompagne n'est qu'un junkie qui attendra à la porte, sans faire de bruit. Monsieur a des exigences d'apparence esthétique, de la même manière qu'il préfère les garçons et n'aime pas les filles, peut-être à cause de tout ce qui déborde et du sang qui s'en écoule.

J'ai la peur au ventre et cette cicatrice qui frémit sans

cesse. Ma mère apparaît sur le palier avec un visage de grande colère.

– Qu'est-ce qu'on va faire de toi si tu commences à traîner dans les jardins publics avec les lascars ? Et tu n'as pas un peu grandi pour porter un masque ?

Suspense levé. C'est le cataclysme, je me fais houspiller à cause de madame Fanida qui voit tout et même plus loin que le judas de sa porte. Elle m'a aperçue perchée sur mon vélo avec Trabolta et s'est empressée de cafter et d'informer ma mère. Pour faire pardonner mes écarts, je me rends utile et saisis le plumeau pour faire la poussière de la bibliothèque.

Heureusement pour moi que l'agitation bat son plein et qu'elle a l'air préoccupée par autre chose, ma mère, et madame Jorio et la cafteuse de madame Fanida et les Palmiers tout entiers.

Ma mère rentre puis ressort aussi sec ; du côté de l'Alque, elle rejoint un groupe de femmes du quartier, parmi lesquelles La-Malika, la grand-mère de mon amie Fatima.

Les *Gnosiennes* s'arrêtent et Farah me raconte enfin. Mais rien de grave. Tout le monde se rassure.

Puis le téléphone sonne. Sana et Nazik d'une double voix donnent leur version. Elles m'appellent de la cabine téléphonique du cimetière chrétien. Tout se sait aux Palmiers.

Il ne s'est rien passé. Des garçons ont déshabillé Fatima, lui ont à peine irrité les cuisses. C'était hier. Fatima est restée vierge.

Tout le monde répète ces mots en silence, puis on oublie à cause des bonnes convenances et de l'absence de traces durables sur le corps.

J'entends la voix du silence. La voix de Samba, de madame Jorio, de madame Fanida et de son frère, et le silence qui émane de l'appart de Jacques et du bureau des fromages fermé le dimanche, et l'odeur pestilentielle de la décharge, et le sifflement des lames qu'on affûte auprès du rémouleur. Silence, strident silence !

Il n'est rien arrivé. La petite est vierge. Une pommade pour l'irritation des cuisses. Ça va lui passer.

J'aurais dû accepter que Fatima nous accompagne quand elle a insisté pour venir avec Zahira et moi et que je l'ai traitée de joli pot de colle pour vivre ma vie librement aux côtés de Trabolta. J'aurais dû accepter au nom du protectorat à l'enfance errante. Partir ensemble vers la Place, ne plus revenir. Suivre les corbillards qui se dirigent vers le cimetière. Là où tout est musique et voix, où le silence n'existe pas.

Madame, ô madame. Couteaux-ciseaux-madame.

Je ne verrai plus la petite Fatima. Je paie pour l'amour qui est toujours condamné au drame et au malheur.

Quand ma mère rentre, je la supplie pour l'accompagner chez La-Malika et voir Fatima. Elle refuse. À cause de mes élans de liberté, de mes bêtises, je suis en détention.

Madame, ô madame. Couteaux-ciseaux-madame.

Sous mes larmes, la rage monte. Et ce chapelet que j'égrène pour me rassurer : Arrête de pleurer, Loula, tu es née et tu mourras en enfant. Même quand le temps viendra où tu n'y paraîtras plus.

Sous le balcon, Croc-Blanc s'est encore fait mordre par ses semblables. J'ai à peine l'autorisation de descendre le soigner. De l'Aspégic à boire et nous désinfectons les plaies à l'eau de Cologne. Il tremble et se laisse faire.

Madame, ô madame. Couteaux-ciseaux-madame.

J'ai des pulsions destructrices.

Le *sunwalk* va bon train tout l'après-midi.

Les identités remarquables

Tu connais trois identités. Les Indigents, les Palmiers et les Missionnaires. On dit toujours concernant les premiers qu'il ne se passe rien. Mais permettez-moi de vous dire ce qu'il se passe quand on dit qu'il ne se passe rien. L'identité des Indigents et leurs inégalités ne sont pas toujours bien remarquables.

Tu as une voisine plus jeune que toi qui s'appelle Fatima. Elle habite les Palmiers comme toi, mais sa place est au parking qui au lieu d'accueillir des guimbardes (mot que tu as appris grâce aux *Grands Chemins* de monsieur Giono) est aménagé pour les gens du sous-sol. Tu t'es toujours demandé pourquoi Fatima aimait jouer aux cartes et se faire taper sur les doigts. Elle est attirée par la souffrance, conditionnée à accepter la douleur. Son corps n'a peut-être jamais été son corps. Le tien non plus, ceux des autres enfants non plus. Une fois, tu as joué aux cartes pour expérimenter les coups et le lendemain tu as été incapable de tenir le stylo tant tu avais mal. Vois comme ça fait. La brûlure, les mains gonflées et lourdes. La douleur. C'était une sensation semblable à celle de l'eau chaude du thé renversée un jour sur tes doigts. Fatima a des reflets roux sur ses cheveux qu'elle coiffe en natte. Le roux, c'est parce que les pauvres mettent du henné au hammam. Toi, tu n'as jamais aimé cela car c'est à cette teinte que l'on reconnaît les pauvres. La chevelure de Fatima est comme celle de Goldorak, cette petite fille qui porte tout le temps un masque pour cacher son visage. Tu as demandé à des plus grandes. À Farah ta sœur aînée, à tes amies Sana et Nazik, et elles ont dit qu'elle avait certainement un bec-de-lièvre. Tu ne connais pas cette maladie, ou peut-être simplement qu'on lui a fait du mal, qu'on l'a mutilée comme cela arrive aux enfants de chez nous, surtout les plus pauvres qui sont une propriété publique, à cause du non-protectorat à l'enfance et parfois à la féminité.

On ne parle plus que de la petite Fatima aux Palmiers. La veille des événements, tu devais te rendre sur la Place. Des amis du conservatoire de musique t'y avaient invitée, Fatima a insisté pour t'y accompagner mais tu as refusé. Elle t'a suivie au-delà de l'impasse du cimetière et même jusqu'à l'Alque et tu n'as pas cédé.

C'est donc arrivé pendant que tu passais du bon temps, que tu dansais en compagnie de tes amis, Zahira la joueuse de luth et de piano, Trabolta ton camarade vocaliste, Goldorak sa petite sœur et Hmidcha le danseur travesti. Personne ne dit ce qui est arrivé de grave, alors tu glanes, tu glanes. Tu ramasses les mots en écoutant aux portes et grâce à ta grande proximité avec le judas qui voit tout, qui entend tout.

Fatima s'ennuyait, elle tournait en rond sur l'esplanade Michael. Les grandes du lycée n'étaient pas là. Elle a vu arriver des hooligans joueurs de cartes. Parmi eux, des garçons des Palmiers. Ils étaient six en tout, et personne ne veut dire leurs noms. Fatima perdait, perdait. Eux gagnaient, gagnaient, et comme ils en avaient assez de taper sur les mains, quelqu'un a dit qu'il avait vu dans un film les joueurs se dévêtir. Si tu perds, tu dois enlever le haut. Tu perds de nouveau et tu dois enlever le bas. Tu perds encore et tu es à poil, entièrement nu.

Elle n'a rien vu venir, Fatima. Un des garçons s'est absenté. Un autre est venu lui annoncer que La-Malika sa grand-mère était sur le toit-terrasse de l'immeuble E et qu'elle la réclamait d'urgence. Elle est naïve, ou alors elle craint les réprimandes et les taloches de la vieille qui a la main lourde. Éduquer dans cette contrée revient à violenter. Elle a couru vers la terrasse et la porte s'est fermée. Ils l'ont cadenassée et pas même Fatima n'a crié. Ils ont dit : *Baisse le pantalon*. Fatima n'a pas bougé. Le premier a fait sur sa culotte et les autres regardaient. Il y a eu un tintement de mortier, puis un autre a dit de tout enlever. *Allonge-toi, écarte les jambes ! Voyez à quoi ça ressemble la plaie des filles. Prenez-la par les cuisses ou par-derrière. Par l'anus comme fait monsieur Jacques.* Ils se sont frottés contre ses cuisses. *Serre bien, garde-les bien fermées*. L'un après l'autre et en collectif. Ce qui s'appelle dans *Salut* que tu lis, le viol ; et dans *Paris Match*, viol en réunion. Viol, personne n'a prononcé ce mot. Tu veux savoir pourquoi tu es la seule à dire qu'ils l'ont violée. Ils ont violé Fatima.

Ils lui ont irrité les cuisses et les fesses à coups de pénis circoncis. Et quand ils ont eu vidé leur morve, ils ont déguerpi, sont rentrés chez eux à l'heure du thé et l'ont abandonnée sur le toit de l'immeuble E. Cette terrasse qui donne sur l'immense ciel bleu et quiet qui n'a pas bougé le petit doigt. Ce ciel que nous avons en partage avec les prisonniers des Mortiers et les morts du cimetière européen, et qui ne bouge pas non plus le moindre petit doigt pour les Valjean, et pour Goldorak et sa bouche qui ne fait qu'un avec son nez et qu'il a oublié de bien fermer. Ce ciel qui se trouve juste au-dessus de chez monsieur Jacques, et qui ne bouge pas non plus pour les petits visiteurs qui viennent pour qu'il abuse de leurs corps contre un peu d'argent et des œufs en chocolat.

Ils ont enroulé Fatima de toile d'araignée pour étouffer l'affaire. Les adultes se sont solidarisés pour la bienveillance et le protectorat factice à l'enfance : ils lui ont payé une visite chez le médecin. Ils l'ont emmenée vérifier si elle était toujours vierge. Si son hymen était intact, et elle a réussi l'examen. Seul existe ce qui s'incarne en mots. Il ne s'est rien passé.

Pour arriver, tout doit naître en mots. Tu dois donc révéler ce qui est arrivé.

Ils disent : *Il ne s'est rien passé. Fatima est toujours vierge. Les petits bonshommes ont juste fait leur apprentissage en souillant son corps.*

Voilà ce qu'ils ne disent pas.

Voici ce que tu dis.

8

– Pourquoi on ne parle jamais de monsieur Jacques ?

– Je dois te dire que tu es la seule à parler de lui. À dire Monsieur et tout, alors qu'on l'appelle Jacques. Les autres aussi, ils chantent juste Jacques. Tu sais que ma mère a accouché de moi aux Palmiers. Mon père sortait de prison pour une affaire politique, les années de plomb. Il s'est installé près des Mortiers. Je lui en veux.

– Il avait sans doute ses raisons. La mémoire. Garder le discernement. Mais alors Jacques ?

– Arrête de parler de monsieur Jacques. Allez, Jacques si tu veux. Je me rappelle qu'un jour j'ai interrogé ma mère : Le voisin là-bas, celui de l'immeuble A, avec le short et le beau vélo ? Elle a répondu : Je ne sais pas.

– Moi aussi, mon père m'a dit : Je ne vois pas de qui tu parles. Je ne vois pas de quoi tu parles.

– Et alors, on sait tous ce qu'il fait avec les garçons. Vous deux vous savez ?

– Bien sûr que toi aussi tu sais.

– Je jure que je ne sais rien.

– Pourquoi personne ne parle jamais de monsieur Jacques ?

– Toi non plus, tu ne parles pas de Jacques.

– Il leur fait quoi aux garçons ?

– Quels garçons ?

– Les garçons.

– Tu veux dire les morveux, les pauvres, les lascars de la Place et des quartiers miteux et des bidonvilles.

– Les chérubins. Mot vu dans Petit Robert, ce qui veut dire un garçon mignon ou les anges du deuxième rang.

– Tout le monde s'en fout du second rang, de la seconde zone. C'est pas pareil.

– Comment ?

– Ils sont qui, eux ? Eux, c'est pas pareil. Ils sont pas comme nous.

– Qui ça ?

– Ceux dont tu parles, qui viennent chez Jacques. Ils viennent même sans être obligés.

– On sait pourquoi ils viennent ? J'en ai vu un qui est vraiment beau.

– Qu'est-ce qu'il leur fait ?

– Tu sais, ce qui ne se voit pas n'a pas eu lieu. Comme pour Fatima.

– Arrête de poser des questions. Même si entre nous tu peux.

– Il dort avec eux peut-être.

– Dormir, c'est rien du tout. On ne peut dormir qu'avec les filles.

– Jacques est pédé. Y en a qui deviennent filles.

– Pédé, ils disaient ça regroupe tout. Mais pédo, c'est pas la même chose. Avant, on disait qu'il est laid le laid pédé. On a rectifié, c'est devenu pédo. Pédo, c'est pas pareil.

– Monsieur Jacques est pédo. Ce qui n'a rien à voir avec monsieur-dame Charly-Doukali. Eux ne font de mal à personne.

– C'est vrai, c'est pas pareil.

– Mais tu sais les gens disent tout. Même que, mais ne te fâche pas. Tu jures ?

– Dis quand même. Je jure.

– Que ton père, on ne le voit jamais, il a divorcé de vous.

– Divorcé de nous. Comment ça ? Il est au travail. C'est à cause de la disponibilité touristique où il faut être ouvert 24 sur 24 et 7 sur 7.

– Ah d'accord. Il prend des photos, Jacques ? Tu as déjà vu les photos. Ils sont nus, ça se sait.

– Je n'ai pas vu, j'ai entendu. Les photos, c'est rien du tout.

– Y a de l'argent. Rien à voir avec Fatima. Toi aussi si un jour tu couches, faudra pas que ton corps garde une trace.

– Tu crois qu'on devrait faire quelque chose à propos de monsieur Jacques ?

– Arrête avec ce prénom. Personne ne voit, personne ne sait. Personne ne dit rien. Je ne vois pas ce qu'on peut faire.

– Je ne vois pas non plus. Il ne se passe rien. Tu as déjà vu du sang ?

– Du sang. Oui. Le sang partout.

– Mon père dit qu'on n'intervient que s'il y a du sang. Du sang versé.

– J'ai vu du sang une fois.

– Vas-y raconte.

– Je ne te crois pas. Jacques, c'est un pédo. Il fait l'amour aux petits garçons. On dit l'amour mais ça doit faire très mal. C'est tout, il n'y a pas de sang.

– Le sang des pauvres, on ne sait pas si c'est une tache de saleté, du café ou du thé. Le sang des pauvres, on ne le voit pas bien. Il est plus noir on dirait.

– Je ne vois pas ce qu'on peut faire.

– Alors il faudrait… ?

– Tais-toi. Chut up.

– Oui, il faudrait. Je suis d'accord avec vous.

– Tuer Jacques. Oui, il faut tuer Jacques.

9

Qu'on me pardonne mes cachotteries à Zahira. De la même manière que je ne dis rien sur Jacques, je ne lui dis rien sur Fatima, et je ne me confie pas non plus sur mon escapade amoureuse en préparation.

Claquemurée d'effroi. Privée de sortie. Recluse dans une détention censée me protéger. Mon amiétincelle est venue me voir. Elle est toujours là, à écouter mon histoire sentimentale et à rougir et à rire de tendresse comme on fait devant un enfant candide (mot appris grâce à monsieur Voltaire). Mais je ne sous-estime pas sa sensibilité exacerbée par la musique, destinée à se jouer de nos silences. Silences aussi enrobés de mensonges que nos paroles. L'autre jour par exemple, au conservatoire, elle a essuyé des remarques sur son joli physique qui l'ont vite braquée. Depuis, elle cache ses jambes duvetées et porte des chemises amples qui pendouillent sur des jeans à la coupe droite, alors monsieur Jacques, alors le viol de Fatima, alors mes effronteries pour inviter Trabolta en tête à tête. Je ne dis rien.

Ces jours passés chez moi m'ont permis de réfléchir à un détail d'importance : Jacques est coupable du mal qui a frappé Fatima. Dans la réalité, je veux dire la réalité des faits, Monsieur n'était pas sur le toit-terrasse de l'immeuble E, n'a pas touché un cheveu de Fatima (les filles, d'ailleurs, ne l'intéressent pas). Mais entendez la vérité : ce qui s'est passé est arrivé à cause de monsieur Jacques.

Nos toits-terrasses sont des traquenards. Ils sont plus déserts et dangereux qu'un coupe-gorge. Alors que dans toutes les résidences de la ville la terrasse d'un immeuble est dédiée à la vie ménagère des habitants – linge à étendre, tapis à récurer, moutons du Seigneur à égorger et viande en lambeaux à sécher pour les jours maigres –, nos terrasses sont interdites à l'usage. Montées en chausses-trapes pour le plaisir de monsieur Jacques qui règne en majesté sur les cimes des hiérarchies de nos immeubles. Quand nous venions d'emménager aux Palmiers, il m'est arrivé d'y monter en tapinois. Passer devant l'appart n°7 et le judas qui me fait les gros yeux ; marcher sur les lettres de *Bienvenue* de son large paillasson hérissé ; puis grimper les six dernières marches de l'immeuble qui se terminent en un large palier à la gauche duquel, comme dans un renfoncement, se trouve la porte basse qui mène au toit-terrasse ; et desserrer le petit loquet en cuivre froid pour m'élancer vers l'azur absolu. De là, je me souviens de la perspective qui me permettait de voir de front le mirador des Mortiers, et qui, depuis ces hauteurs, semblait flotter dans le ciel, si détaché des murs qu'on ne savait s'il concernait les morts du cimetière ou les prisonniers. C'est là que j'ai fumé un jour, pour la première fois. Une cigarette Louka à la menthe que j'avais partagée avec mon amie Sana. Nos mains de novices s'y prenaient si mal avec le briquet que ses cheveux de Dirty Diana avaient failli prendre feu. Et on avait tant piétiné ce sol, les oreilles collées à la brique rouge pour sonder les soupirs saccadés qui résonnent dans les murs au-dessus de Monsieur occupé à bécoter et cajoler un des deux petits adonis venus lui rendre visite, que dès le lendemain, la porte fut cadenassée. Règle tacite qui fait des terrasses un espace réservé à l'usage exclusif de Samba et La-Malika la grand-mère de Fatima. Le lieu devient guet-apens ; parfait pour violer Fatima en toute quiétude sans risquer l'intrusion inopinée. Et ce n'est pas un cadenas de pacotille suspendu pour la forme et souvent esquinté qui aurait dissuadé les agresseurs.

Monsieur Jacques fait partie de ma vie, mon judas s'ouvre sur ses allées et venues, mais toujours la toile d'araignée empêche d'élucider sa personne, la dévoiler au grand jour. Les liens (si tant est que nous puissions parler de liens) entre monsieur Jacques et nous ne sont que nœuds indémêlables. Mais c'est compter sans cette opiniâtreté qui me fait dérouler la bobine de flou.

La voix nasillarde du rémouleur s'élève. Par bonheur pour monsieur Jacques, il n'est pas chez lui ces jours-ci.

N'était la venue quotidienne de sa femme de ménage, j'aurais tout imaginé : il lui serait arrivé malheur, il aurait disparu ; et il serait mort chez lui dans son sommeil, poignardé et couteaux-ciseaux-madame. D'aucuns l'auraient même pleuré pour le lien de voisinage qui, dit-on, importe davantage que le confort d'un appartement vaste et frais et proche du centre-ville, des écoles et du conservatoire.

L'absence du voisin présente le gros inconvénient de devoir guider les éconduits. Des éphèbes et des mochetés à dentition vermoulue qui sonnent à longueur de journée et qui m'obligent à fourrer l'œil dans la rouille.

– C'est bien ici chez le Nazaréen, le *Gawri*, le monsieur, le Français, Jacques... ?

– Encore deux étages. Appart n° 7.

Il ne faut pas raconter de bobards. Les enfants travaillent aussi. Autant qu'ils peuvent être de la chair à pédo. Je ne parle même pas des petites filles qui font les bonnes et des garçons qui comme Moha dorment et travaillent dans les échoppes. Par bonheur pour moi, mon travail consiste surtout à bien étudier au collège. Et à lire au CCF où j'ai récemment remarqué une affiche annonçant un prochain spectacle. C'est le perroquet dessiné sur un fond blanc qui a attiré mon regard. Avec ses couleurs rouge et vert et bleu, et son bec en virgule épaisse qui se termine en pointe d'aiguille. Ce qui m'obsède surtout, c'est son orbite et son globe si minuscule mais qui étend sa vision en ondulations noires sur toute la tête. À la manière des ondes que dessinent les cercles sur la lentille de mon judas.

Villa Lobos – Bachianas brasileiras en musique de chambre, qu'on peut lire sur l'affiche.

Je suis donc allée à la bibliothèque avec l'intention d'en savoir davantage sur l'œil du perroquet et son champ de vision. Dans le rayon réservé, j'ai trouvé un dictionnaire d'entomologie et même un dictionnaire de la musique allemande et autrichienne. J'ai lu :

Musique de chambre : *Terme qui indique une forme d'exécution musicale dans laquelle les instruments sont utilisés comme solistes. Comme son nom l'indique, la m. de chambre est destinée à être jouée dans des espaces de petites dimensions.*

J'ai pensé que ça pourrait intéresser Trabolta qui a le rythme dans le sang comme personne et qui est capable de reproduire les mélodies après une unique écoute. Il a l'oreille absolue.

Et si je l'invitais ? Ce serait notre première sortie en amoureux et en tête à tête. Loin du conservatoire et de la présence de Zahira. Une sortie rien qu'à deux car depuis la nuit de la Grand-Place, nous n'avons pu nous voir qu'en camarades du conservatoire.

Les billets pour le concert coûtent deux cents dirhams. Coupure aussi bleue que le ciel inatteignable, hors de prix accessible. Avec ça, les Palmiers s'achètent des Pataugas ou des brodequins qu'ils gardent aux pieds pour l'année. Avec ça, les Indigents remplissent un estomac d'un mois ou le loyer de la semaine. Mais je peux tenter ma chance au PalmEden où il y a des offres et des promotions sur les spectacles de la ville pour encourager le grand tourisme.

Sous prétexte de remettre un courrier à signer à mon père sur son lieu de travail, je prends la navette tôt le matin. À l'heure matinale, elle dépose les touristes qui veulent découvrir la ville à la fraîche et rentre presque vide au PalmEden. C'est donc dans un minibus vide que je me rends au club. Je n'aime pas les transports en commun et j'ai été diagnostiquée agoraphobe, ce qui veut dire que j'ai peur de la foule. Il y a quelque temps, j'ai vu de la morve dans un bus. Avec toute la horde des Palmiers qu'on était, et même Morad qui habite en prison et qui me soufflait son haleine à l'oreille en chantant du Michael et *le laid Jacquot* avec tous les sous-entendus misogynes à la *The girl is so dangerous* et tutti quanti. On rentrait du stade couvert où Sana et Nazik jouaient pour le tournoi du hand-lycéens. C'était un match nul, dans tous les sens du mot. En descendant, j'ai vu la morve baveuse en tache blanche et laiteuse sur le manteau de la petite Fatima. Horreur. La horde a ri : c'est à cause des Sensibles qui rôdent, ce n'est donc rien. À croire qu'elle est destinée à ces événements-là, Fatima.

Crotch grab. Je souffre de nouveau du ventre et on me traite avec cette poudre immonde que je suis contrainte d'avaler à jeun. Et j'ai du mal à assumer cette coiffure plus féminine que Lady Di m'a concoctée. Une coupe au carré façon Michael, avec effet mouillé permanent et une mèche à peine ondulée qui tombe du côté droit de mon visage. Le reste est lissé au Styliss : *Tes cheveux sont crépus ? Pas de problème.*

Tout au long du trajet, ce ne sont que sirènes et explosions à mes oreilles avec *Smooth Criminal* que j'écoute en boucle sur mon walkman.

Si vous ne pouvez aller à la Place, la Place viendra à vous. Voilà ce que je lis partout en arrivant au PalmEden. Le Club est une réplique miniature des monuments de la ville. Avec la Menara et son bassin où ici, contrairement au vrai, on peut faire de la planche à voile et même du pédalo. Partout, les oliviers, les rosiers odorants, les oiseaux de paradis et le goutte-à-goutte pour abreuver la verdure ; car le soleil touristique coûte cher et ne présente pas que des avantages.

Le PalmEden est paradis de bougainvilliers débordants et petits ruisseaux contrastant avec le sec du rouge. Partout, les employés s'affairent pour servir les cocktails fruités et préparer le spectacle du soir. Les équipes d'animation sont déjà en discussion avec un charmeur de serpents, un arracheur de dents et une danseuse du ventre. Soirée *Arabian Nights*, avec des tapis qui volent dans le ciel et des bagues en or à chaque orteil, oh les Mille et Une Nuits ! En attendant, le PalmEden a l'odeur du chlore, de la coco et du monoï des huiles solaires car il faut des preuves au retour des vacances quand on est parti voir le soleil d'Afrique de si près et à deux pas de l'Europe.

Je suis tombée sur monsieur Istrati qui est le patron de mon père et de tout le PalmEden. Avec ses cheveux longs qu'il attache en queue de cheval, ses tee-shirts imprimés de Tom & Jerry et de toute la fratrie Disney, il ressemble plus à un animateur qu'à un directeur. Sana et Nazik, qui sont fanatiques de mode, disent que sur les Européens tout est chic et qu'ils peuvent se permettre de porter ce qu'ils veulent ; contrairement à nous les indigènes, qui, à cause de notre teint poussiéreux, devons redoubler de vigilance faute de quoi on passe pour des fagots. C'est à cause de la compensation vestimentaire, qui seule permet de combler le manque, qu'il faut toujours soigner notre apparence. De son accent de Roumain qui parle le français, monsieur Istrati m'a demandé : « Ça t'a plu les contes d'Andersen ? » Oui, ça m'a plu. Les petits sanglots et les larmes retenus m'ont un peu échappé en pensant à la Petite Fille aux allumettes. Je n'ai rien dit à monsieur Istrati mais depuis que j'ai lu cette histoire, je ne pense qu'à ma ville-mer et à Mi-Milala, mes deux grands-mères restées là-bas qui me manquent tant.

Le couple Istrati, quand ils ont su que j'étais sélectionnée par Victor-Hugo, m'avait donné des manuels scolaires de mathématiques en français. C'était gentil de m'offrir des neufs alors qu'ils auraient pu me refourguer ceux de Patou, leur fille qui me devance d'une année. Ça se voit qu'ils sont déçus et tristes pour moi que je sois scolarisée dans le public. Je m'en suis rendu compte car depuis, ils m'offrent des livres pour la Noël, pour Pâques, et même pour la grande et la petite fête musulmane.

Je n'ose encore demander à personne les deux billets pour un spectacle CCF alors je rôde dans le luxe qui n'appartient à personne. Je suis perdue. Perdue, et je me souviens de mon premier été dans la ville-sans-mer. Je l'avais passé ici à nager et à tirer à l'arc avec Martin, un ami-touriste d'un an plus jeune qui prenait un mois de vacances ici avec sa maman Valentine. C'était le temps de l'insouciance, une sorte d'antichambre du paradis avant la géhenne. Martin est venu deux étés successifs sous le cagnard. On s'est envoyé des cartes postales mais je n'ai plus de nouvelles depuis un an.

Mon frère d'âme qui vit seul avec sa mère, madame Valentine qui tient un bar-tabac, et qui fume tellement que la fumée l'aspire et la rend maigre. Elle est si gentille qu'elle me dit : « Je te servirai des cuisses de grenouilles au p'tit déj quand tu viendras nous voir en France. » Et même si ça me rebute, je lui souris, car c'est toujours les différences culturelles et alimentaires qu'on trouve répugnantes chez les autres. Madame Valentine, il lui arrivait même de verser quelques gouttes de vin rouge dans le verre d'eau de Martin quand nous mangions à la table du restaurant après la piscine.

Gros chagrin. Je pense beaucoup à Martin depuis que la voix de Trabolta s'est immiscée dans mon cœur. Peut-être à cause de la nostalgie de l'enfance où Martin et moi étions corps sans sexe et que lorsque je lui écrivais *Mon frère Martin*, je pouvais être son frère pour de vrai et quand il disait *Ma sœur Loula*, Martin pouvait être ma sœur pour de vrai. Cet état d'enfance qui glisse de mon corps comme pour préparer une mue.

Tu sais Martin, nous avons quitté la maison du juge. Nous avons emménagé (ou *déménagé*, voir avec Petit Robert) *dans une résidence du centre-ville, proche de tout ; des écoles, et du syndicat d'initiative où je peux prendre la navette du PalmEden, et de la prison et du cimetière européen. Je suis très contente. Un de nos voisins est français comme toi. Il s'appelle Jacques, et j'ai très hâte de sympathiser avec lui.*

Voilà le genre de bêtises que je pouvais lui écrire. Les cartes de Saint-Loup-sur-Semouse où l'on voit une rivière à vouivres se déverser entre des rives de verdure sont toujours dans mes tiroirs et sur mes murs.

En désespoir de cause, je me présente au stand FRAM et demande si les noms de Martin et de madame Valentine sont sur la liste d'un prochain groupe de voyageurs. Rien. J'erre dans le PalmEden où erre mon père, où erre ma mère, où erre mon ami Martin, où erre Trabolta, où errent les visiteurs.

Les lieux ne sont pas les lieux. Ils sont le souvenir de ceux que nous y avons connus. Leur âme s'y distille, y demeure pour toujours. Le PalmEden est Martin et moi enfants. Cette ville deviendra pour moi Trabolta, et Zahira, et Jacques et tous les garçons qui montent en *sunwalk*.

Lorsqu'un groupe d'enfants-touristes passe par là, je les suis en catimini. Leurs pas me mènent vers la salle de spectacle où il fait toujours nuit et frais. Je m'installe sur un siège et que ça fait du bien de planter le bout des ongles dans le doux velours de la tapisserie. Ronron sourd de la clim, et je somnole. Mes yeux se ferment et je nous revois sur scène Martin et moi. Cette même scène où des animateurs font répéter aux enfants-touristes le spectacle du *Saturday Night Fever.*

J'y ai tant chanté en play-back que ma voix les lendemains se réveillait plus charnue à force de mots contenus dans la gorge. Inaudibles et indicibles et gros de sève réprimée.

On m'interpelle. C'est qu'elle m'a repérée, Faty, l'animatrice en charge des répétitions. Elle me demande de les rejoindre sur scène. Dépanner et tenir un rôle vacant.

Et à brûle-pourpoint, je lui demande les deux billets pour les *Bachianas brasileiras*. Clou du spectacle enfoncé. Tout a une contrepartie. Elle veut bien, à condition que je revienne.

Je quitte la salle sur l'image d'un homme en trench-coat qui crie *Minouch ma Minouch je t'ai dans la peau*, puis sans crier gare, quelqu'un tape avec une louche sur un gong et au même moment l'homme ouvre son trench pour exhiber son corps nu et un masque de clown qui cache son entrejambe. Vision subite, et l'homme referme son trench-coat. Numéro auquel je ne comprends rien. Rien, à part le souvenir évident du Sensible au pied du jacaranda de l'impasse de l'Alque. Celui que les deux flics sont venus cueillir après l'avoir épié depuis l'immeuble A.

Je rentre aux Palmiers, avec mes deux billets.

Ne me reste que l'image du clown souriant, et les clowns m'ont toujours fait peur.

Si vous ne pouvez aller à la Place, la Place viendra à vous. Horreur, malheur !

10

L'amour a besoin de paix
il s'épanouit dans le calme de la nuit
dans
les draps quiets d'une insomnie
et quand au point du jour
jaillissent les chants
invisibles
Venez à la félicité !

creusant des rigoles dans l'éther
pour que remontent les anges
qui dans leur
prière d'amour
versent des larmes rouges
qui colorent le ciel

Rien ne peut obscurcir mon humeur aujourd'hui. Dans la nuit, un poème a jailli et je me suis levée pour l'écrire dans la cuisine afin de ne pas réveiller Farah et Bébé.

Ma mère est très contente de moi. Tôt le matin, j'ai ouvert les portes et les fenêtres pour aérer l'appart. J'ai fait le grand ménage, j'ai récuré à grande eau et préparé des œufs mimosa aux sardines et aux olives noires.

Tout à l'heure, je rejoindrai Trabolta et nous irons découvrir la musique de monsieur Villa Lobos. J'ai caché les deux billets dans un exemplaire de *Salut* que j'ai acheté avec de l'argent que Tamou m'a donné. Sur la couverture, on voit Michael avec son grand amour Lisa Marie, la fille d'Elvis Presley qu'il a épousée. Au-delà de sa musique tout en transe, je l'admire car il est resté enfant. Cheveux frisés et crépus et lisses à la fois. Un entre-deux. Blanc et noir. Un sens aigu de l'universel. L'Homme idéal, l'Homme suprême qui n'est ni homme ni femme. *Salut*, ils te le vendent seize dirhams alors qu'il ne coûte que neuf francs et cinquante centimes en France. *Crotch grab*. Les Indigents et les Palmiers, il faut toujours leur ajouter des obstacles et des taxes, leur rendre la lecture inaccessible à cause de la reproduction sociale qui veut que tout se perpétue et dure et que chacun reste à sa place et n'apprenne pas au-delà de ses moyens.

N'allez pas croire que mon obsession de monsieur Jacques s'est épuisée. Un rituel, je le surveille. Je ne peux réprimer le désir de guetter ses allées et ses venues. Ses fréquentations. Et l'odeur âpre du savon avec lequel il se lave, et l'odeur caramélisée de l'huile solaire dont il se badigeonne pour exhiber ses épaules et ses bras musclés. Il est rentré d'un séjour en mer lointaine plus basané qu'avec le soleil de chez nous et tout le cagnard de la ville-sans-mer. Il est rentré et il n'est pas seul. Jacques a de la visite en ce moment. Un autre Français qui porte des chemises bigarrées et des pantalons en tissu léger. Il est si aimable qu'on dirait qu'il sourit en permanence et que monsieur Jacques le tient en laisse pour éviter qu'il ne fasse des connaissances ou qu'il sympathise avec l'indigène.

Ce matin, j'ai échangé mon poster de Michael du temps de son enfance dans les Five contre un poster de Nazik où l'on voit le roi de la pop faire son *crotch grab* d'une main nue, et de l'autre main exhiber un index enroulé d'un sparadrap blanc sur l'extrémité. Quand je suis descendue la voir, elle était avec Sana et le sosie au Yamaha rouge du côté du mur qui nous sépare de l'Alque. Ils chantaient *I'm starting with the man in the mirror* et Sana s'arrêtait régulièrement pour prendre des notes dans son carnet de paroles. De là, on pouvait voir un des balcons de chez Monsieur. Puis le sosie s'est levé et s'est incliné tout en gardant le corps droit. Parfaitement oblique. J'ai cru qu'il allait tomber et il nous a bluffés en défiant les lois de la gravité. C'est à ce moment-là que Morad est arrivé, et depuis les Mortiers où il habite, il nous a charriés :

– Ça vous dirait de finir dans le ranch de Neverland ?

– Ce ne sont que rumeurs, la rançon de la célébrité.

– Y a jamais eu de violence. Il suffit de voir comme il est doux, Michael. Ils viennent d'eux-mêmes, ils dorment et vivent à Neverland et après ils se plaignent que c'est un pédo.

– Personne ne sait. On est qui nous pour dire ?

– Et voyez monsieur Jacques par exemple !

– Oui, voyez le laid Jacquot.

Nos mines dubitatives se sont assombries. De là, j'apercevais maintenant Jacques tout là-haut sur son balcon. Son torse nu allant et venant et discutant avec son invité qui fumait une cigarette en absorbant le soleil des Palmiers. De temps à autre, Jacques se penchait comme s'il cherchait quelqu'un dehors ; puis, à pas redoublés, deux chétives silhouettes ne tardèrent pas à se faufiler vers l'immeuble A.

Le p'tit brun s'en va faire la compagne. Va-et-vient poursuit son chemin. Morad soulignait le va-et-vient d'un *crotch grab* qui laissait deviner ses formes sous son short. Affreuse vision qui me fit rentrer chez moi.

❖

Lorsque je descends, monsieur Jacques et son ami viennent de monter. L'odeur âpre est passée par là mais ne persiste dans l'air que celle envahissante d'un parfum chic aussi fort que le Chanel N°5 que ma mère a reçu en cadeau de mon oncle d'Amérique.

– Ils n'ont pas fait l'École alsacienne, que j'entends dire en ouvrant la porte.

D'une voix calme et pleine de ce mépris qu'il a pour nous. *Ils* dans cette bouche, c'est nous. Ce qui regroupe Morad, et Sana, et Nazik, et Fatima, et ma sœur Farah, et Bébé et moi, et les visiteurs, et ceux des Mortiers…

Je rentre demander à ma mère ce que signifie l'*École alsacienne*. Elle hausse les épaules. Pour paraître crédible, je remplis mon sac à dos de livres. Et pour ne pas que l'on trouve louche que je ne prenne pas mon vélo comme je le fais habituellement, je prétexte une crevaison de pneu. Hier soir, j'ai moi-même ouvert la valve pour le dégonfler.

Trabolta ne rôde jamais dans nos quartiers. Il sait que j'habite dans le centre-ville, comme il sait que Zahira habite dans le quartier Les Indigents, et que nous savons qu'il habite dans le dédale de la médina non loin de la Grand-Place. À part ça, et en raison de la séparation sociale et entre garçons et filles, l'adresse doit rester nébuleuse pour le sexe opposé. Pour personnes de même sexe en revanche, on peut se rendre visite sans risque. N'était notre amour, et n'était notre passion commune pour la musique, il ne se serait pas aventuré jusqu'à l'avenue où nous étions convenus qu'il m'attendrait près du restaurant Le Jacaranda situé à dix minutes à pied des Palmiers.

J'ai mis un tee-shirt bleu ciel décolleté et un jean rouge. Les Converse vert turquoise de ma sœur Farah, je les ai empruntées sans la prévenir. J'ai mis du beurre de cacao sur mes lèvres et je suis passée voir Lady Di qui m'a attaché les cheveux en chignon et lissé cette frange qui tombe sur le côté droit de mon visage. Ma chemise canadienne, je l'ai enroulée autour de ma taille. Parfumée au Vanderbilt, j'avance dans l'avenue ombragée et j'ai des cœurs qui battent sur tout le corps.

Trabolta, mon Trabolta, m'attend sous les jacarandas et leurs feuilles en toit de dentelle verte et fraîche. Nos mains se serrent et nos corps s'attirent et nos lèvres se posent sur la peau de l'aimé. Pour la première fois une bise. Il sent le déodorant Fa et il a coiffé au gel ses cheveux à peines ondulés. On dirait que sa fossette est plus creuse et que sa peau hâlée est plus claire. Et sur ses avant-bras, un duvet doré donne à son teint l'éclat du cuivre. Je le regarde et il me sourit et les ricochets s'esquissent sur ses joues et me plongent dans cet univers d'eau d'où vient mon corps. Ce corps soudain éclos, et plein, et contracté d'éveil. Pour la première fois, nous avançons seuls ; je me rends compte que nous faisons la même taille, je suis gênée, je rougis et j'ai chaud. Trabolta chante, comme à chaque fois qu'on ne peut parler, et le soleil carnassier et implacable au-dessus de nous pas une fois ne nous accorde de répit. J'ai chaud et je frissonne d'amour comme on tremble de froid, et cette volée qui s'élance dans mon ventre. Du trajet que nous parcourons, je ne vois que Trabolta, l'ardeur de l'émotion, et la peur d'être deux, et la peur de l'après, ce vers quoi nos pas de loups inoffensifs nous mènent. Pour rompre le silence, la voix de l'amour me chante, comme on se murmure des mots à soi. Avec aisance et sans effort :

Ô si seulement j'avais eu deux cœurs
J'aurais vécu avec un cœur
et voué l'autre à la souffrance de ton amour
Hélas je n'ai qu'un cœur amoureux
Ni la vie ne lui est paisible ni la mort ne l'apprivoise

Tant de bonheur m'éprouve. Cette joie volée, et la crainte. Cette peur qui instille son poison dans mes veines. Une calèche passe et on le hèle. *Hola Trabolta !* Un convoi féerique avec la traditionnelle offrande destinée à une jeune mariée. Une vision irréelle sous le cagnard, avec des histrions (mots appris grâce à monsieur Thomas Mann) ambulants vêtus de velours, de broderies, de dorures et de grâce, et qui chantent *Tes yeux tes yeux appellent l'amour de Chichaoua*. Il y a là des couffins remplis de bourses de henné, de cornets d'amandes, de sacs à main et de nuisettes destinées à la nuit de noces. On peut voir aussi des tissus de sari et de soie, des pains de sucre et des berlingots de lait. Mon Trabolta me dit : « Un jour, ce sera nous deux. Je vendrai ma peau pour toi. » Je rougis et je trouve ses mots puissants et puérils. Toutes les comédies sociales, déjà, me répugnent. Je suis amoureuse et je suis lucide. Je sais qu'un gouffre existe entre nous mais je suis tout de même de la race des amoureux. Les différences, je veux les transcender. Vivons donc le rêve, ce seul instant éternel. Et le rêve n'existe que dans une tête à la fois, ce qui a l'avantage de ne rien imposer à personne.

Trabolta est différent. Il me fait grâce de cette chanson mièvre que Morad qui chante faux hurle parfois depuis la porte des Mortiers et sur l'esplanade pour quémander son misérable smack : *La nuit ô Layla me sermonne / et me dit salue Layla…*

Puis le mont Guéliz apparaît, avec à son sommet le fort Mangin et ses miradors construits du temps du protectorat français pour apercevoir l'ennemi qui, dit-on, toujours arrive du lointain. Un jour que nous passions par ici dans la R12, mon père avait dit :

– Ah, ce fort Bastiani !

Parcimonie de mots qui caractérise mon père et à laquelle j'avais répondu :

– On ne l'appelle pas fort Mangin ?

– Vous n'apprenez plus rien de nos jours. *Le Désert des Tartares*, Dino Buzzati, ça ne te dit rien ?

Crotch grab. Et non, ça ne me dit rien, et je suis honteuse, honteuse et en colère de n'avoir accès qu'aux livres de mon petit sanctuaire qui ont appartenu à mon père du temps de sa jeunesse cultivée où on apprenait le français avec des instits dévoués venus de France ; sans parler des Renaudot-Goncourt que je récupère au PalmEden grâce au tourisme de masse qui impose des limites de poids pour les bagages du retour. Quant à cette bibliothèque du CCF, j'y erre souvent sans torche et sans guide, à la merci du hasard des rencontres littéraires. Je suis honteuse et en colère pour Trabolta et pour mes amies Zahira et Fatima et Nazik et Sana qui jamais ne rencontrent de livres. Honteuse et en colère pour nous autres, Indigents et Palmiers, qui n'avons droit ni au théâtre ni au cinéma.

Ce mont Guéliz, tas de cubes de roches noires et sèches contrastant avec les hautes montagnes aux sommets enneigés que l'on voit sur la face opposée de la ville.

– Il y a un autre mont plus loin, avec tout là-haut la maison qu'on appelle la villa Tito. Maintenant y vivent des amoureux devenus époux. Il se raconte que la maison du mont appartient à une dame très riche. C'est une princesse d'Orient qui aurait épousé son chauffeur…

Il s'y connaît, Trabolta, à force de sillonner la Grand-Place et de seconder les faux guides touristiques. J'avais moi aussi déjà aperçu la villa Tito, isolée et majestueuse ; mon regard et mon imagination y voguaient lorsque nous prenions la route pour aller dans la ville-mer. Je la connaissais mais j'étais loin d'imaginer son histoire.

Une princesse aurait donc épousé un chauffeur.

– Je te suivrai partout, partout, princesse Loula. Et j'équiperai une villa au-dessus d'un mont moi aussi. Avec piscine et parabole, salle de cinéma et discothèque. De là, on pourra voir les lumières de la Grand-Place et toute la ville. L'hiver, depuis notre salon, on regardera la neige tomber sur les sommets de l'Atlas.

Trabolta parle comme on chante. Il a des élans de romantisme consumériste. Mon Trabolta à moi, qui discute plus que d'habitude. Sa manière à lui de faire diversion, ne pas montrer sa gêne à se trouver dans un lieu qu'il n'a pas l'habitude de fréquenter.

Nous passons devant les grilles hautes et fermées de Victor-Hugo. Une piscine se trouve à l'intérieur, le garçon Saadi me l'avait dit. À cette heure-ci, seules des carrioles avec des petits ânes tractant des remorques en bois passent, s'apprêtent à rentrer vers leurs bidonvilles.

Comme nous sommes en avance pour le spectacle, nous flânons au pied du mont, non loin du CCF. Depuis le temps que je désire toucher ces roches carrées et noires. De loin, elles m'avaient paru aussi distinctes qu'un objet manufacturé et propre, mais de près, je vois surtout la poussière rouge et la rocaille. Un désert de cailloux. Désert des Tartares, mon œil.

Nos regards se croisent. Trouble. Je baisse les yeux et demande des nouvelles de sa petite sœur et déjà je regrette en pensant à son masque Goldorak et à sa poussette d'enfant triste au corps défectueux. Les yeux de Trabolta brillent de fraternité paternelle et avec un sourire où je lis tout le fatalisme d'un Indigent, celui-là même que j'avais identifié chez Zahira, et chez Fatima ; ce même sourire sombre et résigné oui, qui me donne des brûlures dans la poitrine. Il dit :

– Pas assez de grains pour réparer ma sœur. Tu sais, elle est très intelligente, même si elle ne pourra jamais parler. Je sais qu'elle a apprécié l'autre soir notre balade sur la Place avec Zahira-l'aveugle. (Comme tous ceux du conservatoire, il dit Zahira-l'aveugle en parlant de mon amiétincelle.) Elle aussi, elle t'a trouvée belle, qu'il ajoute.

Et on s'étreint, avec la tendresse du soir rose ; et ma tête posée sur son torse et l'odeur du pain fait maison mêlée à celle du déodorant Fa. Et son corps musclé de garçon qui joue au foot et se tient debout sur une main au milieu de la Grand-Place. Avec sa tête penchée vers le sol à force d'abnégation touristique, au milieu des acrobates qui dansent et des singes, ces frères ancestraux qui nous ressemblent tant.

Le soleil s'apprête à nous fausser compagnie. Une bise timide souffle sur cette fin de journée ardente. Les jacarandas font sonner les carapaces de leurs tortues en cloches. J'entends frémir les feuilles des eucalyptus et des tikidas et l'inquiétude des soirs naissants m'envahit.

Nous nous sommes oubliés en étreintes innocentes. Une file s'est déjà formée devant le grand portail du CCF. Dans la rue, une nuée de badauds et de lascars guette le miracle. Une occasion qui leur permettrait d'entrer par effraction. La populace essaie de s'immiscer là où il y a de la musique qui est un remède pour l'âme à cause des mots que l'on ne dit pas et qui exigent du réconfort. La beauté les attire, mais devant ces portes, ils ne rencontrent que la frustration. Cette frustration qui rend agressif, nous fait casser les fenêtres et les portes de nos classes, et fait vomir les oranges amères.

Je vois arriver Saadi le plagiaire, avec sa grosse montre Pop Swatch visible de loin et qui pèse lourd sur son poignet de garçon frêle. Il passe près de nous et nous toise. Saadi, et son père qui l'accompagne, ne s'éreintent pas à rester debout et à faire la queue. Déjà, obséquieux, l'agent en charge de la circulation ébauche des courbettes et les laisse entrer sans vérification aucune.

La foule m'angoisse. Mes jambes tremblent et je résiste. Pas même sur l'épaule de mon Trabolta que je ne peux m'appuyer pour le réconfort : toute démonstration amoureuse, toute proximité charnelle serait réprouvée par cette plèbe qui nous entoure et dont nous sommes.

Lorsque enfin notre tour arrive, l'agent nous détaille, un sourire obscène sur les lèvres. Les deux billets que je lui tends, il les marque d'un trait de feutre rouge pour les valider avant de demander nos cartes d'adhésion.

Je tends la mienne mais Trabolta n'en a pas et je n'en vois pas la nécessité. Et narquois, l'agent poursuit :

– Vous êtes ensemble ? Vous êtes ensemble ? qu'il répète. Toi tu peux entrer, et lui il reste dehors. Sans la carte d'abonnement, pas d'entrée pour le spectacle.

Trabolta se tait. Je ne dis rien non plus. *Vous êtes ensemble ?* Et le sas nous rejette, chacun d'un côté opposé de la barrière. Scission marquée et définitive.

Sélection naturelle et sociale. Le sbire fait bien son travail.

J'avais pourtant cru que le billet suffisait.

La nuit tombe sur nous, avec Trabolta qui disparaît dans la rue, de l'autre côté du portail. Et moi, à l'intérieur de ce lieu, avec ce corps social en traître qui m'éloigne de mon premier amour. Mon vocaliste prodige, répudié vers la foule d'indigents qui réclament leur part de beauté.

Mon corps n'est pas mon corps. Je ne suis qu'une fille des Palmiers qui renie un Indigent. Conditionnée à obéir, je reprends ma place en demi-teinte, ni d'ici ni de là-bas ; me dirige vers les colonnades de mosaïque bleue. Le lieu m'engloutit et je m'assieds sur un banc. Pétrifiée. Je sors un livre de mon sac à dos, le pose sur mes jambes. *Le Pays des asphodèles*, que je n'ai pas lu, que je ne lirai pas, et que jamais je ne rendrai.

Je reste là. Seule sur le banc. Avec la poussière rouge qui annonce l'orage d'un soir d'été. Le regard fixe vers le fort Mangin qui n'a rien vu venir. Les yeux remplis de braise. L'injustice. Celle que je subis, celle que je commets.

Une princesse aurait épousé son chauffeur.

Tarde uma nuvem rósea lenta e transparente…

11

Il y eut la torpeur. Cette tristesse paisible qui succède au coup de massue.

Je m'engouffrais dans l'illusion de calme avec le sentiment trompeur que le pire drame était arrivé. Mais on apprend vite que les premiers revers ne sont que l'avant-goût d'une catastrophe plus grande. Une préparation à la douleur.

La métamorphose en moi s'opérait. D'abord, je pris mes distances avec la horde des Palmiers que je tenais, par je ne sais quel raisonnement douteux, pour responsable de l'éjection de Trabolta et de Fatima de nos cercles de fréquentation.

Ensuite, j'éprouvais un plaisir malsain à prodiguer à Croc-Blanc des soins et des effusions de tendresse dégoulinante, mais néanmoins sincères, devant les yeux de Charly et Doukali que je pensais narguer à cause des privilèges accordés à leur chienne. Je me plaisais ainsi à nourrir mon chien mal né de ma viande quotidienne, lui descendant une généreuse gamelle à l'heure précise où le couple promenait Cannelle.

Seul me réconfortait un roman récupéré au PalmEden (où on en trouvait plusieurs exemplaires). *Un aller simple.* Ce titre suffisait à esquisser dans mon esprit les sentiers de la fuite. Je m'imaginais fuguant avec Trabolta : Saint-Loup-sur-Semouse ou Irghiz, ou le cercle infini de la Grand-Place, chaque soir renaissant et au petit matin s'évanouissant. Une vie d'artiste. Et puis, je trouvais à Aziz le personnage principal plus d'un trait commun avec Trabolta. Je crois que c'est le genre de type qui se contrefout des gros seins et des ventres puissants. Je puisais dans ce livre une consolation.

C'était la fin du mois de juin. J'étais en vacances depuis déjà trois semaines. Devant mon chagrin, Zahira me rassurait en évoquant des retrouvailles au conservatoire dès la rentrée de septembre. Une prochaine réconciliation, si tant est que Trabolta et moi nous nous soyons fâchés réellement. En attendant, j'accompagnai mon ami-étincelle dans la ville-mer où son audition pour le brevet de piano aurait lieu, et moi, j'aurais le temps de rêver, le corps étendu dans les eaux de mer. Nous logerions chez Mi-Milala, mes grand-mères que j'allais revoir enfin.

❖

C'est à l'aube que nous partons. Ma tante Tamou que nous hébergeons doit rentrer chez elle, dans la ville-mer, une maison où elle habite avec Mi-Milala. Comme elle ne supporte pas la foule qui dans un train ou un bus lui subtiliserait de l'oxygène vital, elle a affrété un grand taxi à sept places. De ceux qui comptent à l'avant deux passagers en plus du chauffeur. Nous en profitons donc pour l'accompagner et voyager gratuitement. Tamou ne goûte au repos nulle part. Elle vient chez nous dans la ville-sans-mer où le climat est sec, ce qui lui permet d'aérer ses bronches et de chasser l'humidité de ses os. À peine quelques jours après son arrivée, dès que le soleil sort les crocs, elle prend peur, suffoque et demande à rentrer en prétextant avoir besoin d'air chargé d'eau pour respirer. Cette fois, sa peau colle à sa carcasse qui prend l'aspect d'une toile de cire qui aurait fondu sous les rayons carnassiers. Elle a davantage de cavités qui se creusent dans les poumons. Cela s'entend très bien à l'oreille. Elle tousse, elle parle et on entend l'écho à cause des parois remplies de vide dans son corps devenu troglodyte.

Le Grand Taxi nous attend en bas de l'immeuble. Tamou s'assoit à la place du mort où son corps d'enfant s'ensevelit dans le cuir noir. Le luth, nous l'installons entre Zahira et moi et lui attachons la ceinture de sécurité. Dans le coffre, deux melons canari, un petit sac de vêtements chacune et nous partons. Tout au long du trajet, je rêve. Je vois Trabolta, son visage et les ondes de ricochets quand il sourit. J'entends sa voix d'instrument à vent. Il est là ; partout. Sa présence s'est imprimée en moi. Son chant m'accompagne, si bien que je me retourne régulièrement vers lui. Une illusion. L'impression qu'il est assis là, près de moi. Je me retourne et sursaute en voyant l'étui sombre du luth.

Tout au long du trajet, je réfléchis. L'amour est-il l'amour ? N'est-il pas qu'un objet manufacturé dans le moule des convenances, de cette hypocrisie sociale que je rejette et que je finis par reproduire, moi aussi. Comme tous les autres.

Soudain apparaît au loin la bande bleue qui se confond avec le ciel. J'entends le *hum* à peine audible de la mer, et tout en moi s'irrigue et je frétille de joie. Poisson à l'agonie retrouvant les eaux vitales.

– L'air ici, c'est une autre musique, qu'elle dit, Zahira, lorsque nous arrivons à la ville-mer.

Elle respire cet oxygène aux effluves de salaisons et son visage s'illumine. La mer baigne tout de son haleine. Une odeur de poisson frais. Un miaulement lorsqu'on descend du taxi, puis les chats nous encerclent et s'empressent d'accueillir Tamou à qui ils font la fête. Ces chats-là sont dressés comme des chiens. Ils montent la garde et rôdent toujours sur le petit escalier qui mène vers la petite maison de mes grand-mères. Ils sont fidèles à Mi-Milala et à Tamou qui tous les jours leur parlent et les nourrissent de portions de Vache qui rit.

Qui de Mi ou de Milala est l'aînée ? Elles n'ont jamais tranché la question. Si bien qu'il m'arrive de les prendre pour des jumelles. Deux sœurs, si semblables en flamboyance que la fille de l'une a épousé le fils de l'autre. Mes parents sont donc cousins. Cela génère mon inquiétude et il m'arrive de me regarder dans la glace à la recherche d'une tare. Quelque chose qui ne tournerait pas rond en raison de mes origines consanguines. Mi-Milala apparaissent et je me rends compte que je les dépasse maintenant d'une tête.

– Tu es venue et tu n'es pas seule. Ton amie poétesse t'accompagne !

Elles disent poétesse au lieu de musicienne pour bien signifier que cet art-ci n'a rien à voir avec de la zizique de fanfare. Mi-Milala exultent, nous prennent dans leurs bras d'amour infini. Puis elles réclament des musiques à Zahira pendant qu'elles nous préparent un en-cas. Tout en s'affairant, elles écoutent mon amie interpréter leur répertoire préféré : *Les nuits de pleine lune sont apparues* de madame Oum Kalthoum ; puis c'est *Milord* de madame Édith Piaf, leur autre idole.

Elles nous servent du thé à la menthe et à l'absinthe et nous nous régalons d'un tajine de ratatouille aux œufs.

Pendant que nous mangeons, Mi-Milala allument la télé. Je sais qu'elles ne ratent pas un épisode de *Derrick*, de *Columbo*, d'*Appel à témoins* et de reconstitution criminelle. Grandes passionnées de faits divers. Le français, elles ne l'ont pas appris à l'école mais le comprennent très bien et le baragouinent avec brio. Très productives, et reines de l'optimisation temporelle : elles regardent une émission sur monsieur Omar Raddad tout en ciselant des bouquets de mauve qu'elles cuisineront le lendemain.

Omar m'a tuer. Une affirmation qui porte en elle son propre démenti. Le tué est toujours mort et ne peut parler, s'exprimer et écrire. Si une victime pouvait désigner le nom de son tueur, c'est qu'elle ne serait pas morte.

L'âme d'un mort est chérie de Dieu. Et l'innocent est un martyr. Mais la vérité d'une mort finit toujours par éclater au grand jour.

Mi-Milala s'y connaissent en crimes et en macchabées. Car, même retraitées, elles travaillent encore. Chaque matin, l'une va résoudre les conflits au tribunal où elle exerce comme médiatrice, ce qui veut dire qu'elle intervient en amont des crimes et des meurtres qu'on subodore pour empêcher leur survenance réelle et effective ; l'autre peint des pots de plantes, y incruste les coquillages qu'elle va ramasser sur la plage. Elle fait des boutures pour embellir les tombes à l'abandon dans le cimetière marin, et offre le reste à ceux qu'elle croise. « Je vais voir mes fous », qu'elle dit certains après-midi, quand elle se rend à l'asile où elle a travaillé toute sa vie. Aide-soignante ou cuisinière, je ne sais pas.

– Les fous ne te font pas peur ?

– Les vrais fous ne sont pas là où on le pense, ma petite Loula. La vraie folie, c'est cette maladie mortelle qui circule librement parmi les honnêtes gens. Ceux qui poignardent les innocents sans qu'on les soupçonne. Ça c'est la vraie folie, celle qui sème les graines du mal. Penses-tu par exemple que ton amie Zahira soit réellement aveugle ? On peut tout avoir devant ses yeux et être aveugle, ma petite fille. Eh bien la folie, c'est pareil.

Je me tourne vers mon amiétincelle de peur que ce mot « aveugle » prononcé par mon ancêtre au franc-parler corrosif ne la blesse. Fatiguée par la route et toutes les émotions nouvelles, Zahira qui jusque-là se tenait devant l'écran de télévision, lunettes portées toujours, dans une position de poupée sage, s'est déjà assoupie.

Mi-Milala et Tamou sont absorbées par l'écran. J'en profite pour me diriger vers l'alcôve des merveilles. Ce renfoncement séparé du salon par un rideau en macramé, avec tout au fond une fenêtre qui donne sur le patio ouvert sur le visage de Dieu censé tout voir depuis le ciel.

L'alcôve des merveilles est l'endroit magique que j'aime à fouiller du regard. Il y a là leurs fétiches et tout ce qu'elles chérissent. Les cierges colorés du saint patron de la ville. Les photos de toute la dynastie royale avec un portrait du roi défunt Mohammed V dont elles jurent toutes les trois avoir vu le visage imprimé sur la lune lors de son exil à *Madame Cascar* (pays que j'ai longtemps cherché sur la carte avant de comprendre qu'il s'agissait de Madagascar). Une photo du carré noir de La Mecque où dort le corps d'Abraham notre ancêtre. Une photo de madame Oum Kalthoum au milieu des musiciens de la Grand-Place, avec ses grosses lunettes qui lui donnent une ressemblance avec Zahira. Madame Piaf exultant de joie aux côtés de son amoureux monsieur Marcel Cerdan. Un pan de mur est réservé à la rubrique faits divers des journaux que leur lit mon oncle tous les jours avant de découper les photos et les articles de leur sélection. Il y a là parmi la dizaine de visages le petit Grégory, la petite Loubna de Belgique sortie acheter un yaourt et jamais revenue, et un avis de recherche : *Qui est la petite martyre de l'A 10 ? Si vous la reconnaissez, appelez la police.* Tous les jours, Mi-Milala prient pour les enfants : *Le visage d'un enfant est aussi sacré que le Saint Coran. Malheur à celui qui le souille.*

Amen. Ma contemplation terminée, j'ouvre la porte du garde-manger à la recherche de cette guirlande de figues qui y est toujours suspendue. Une gourmandise pour le réconfort, et on s'endort, sur nos deux oreilles, pour une fois. Loin des Sensibles, loin de Jacques. Dans une maison à la porte toujours ouverte sans risque aucun. À force de s'occuper des veuves, et des orphelins, et des malades, et des nécessiteux, et des victimes, mes deux ancêtres sont connues et respectées et aimées d'un bout à l'autre des remparts de la ville.

❖

Zahira envisage une carrière musicale et veut étudier à un niveau professionnel. Sans surprise, elle a réussi son brevet. Avec son allocation de handicapée, elle veut se rendre dès demain dans la ville-blanche, à une heure de train d'ici, pour acheter un synthétiseur et rompre la dépendance avec notre vieux piano. Je suis vexée et je fais mine de ne rien avoir entendu. Non. Et puis je ne l'accompagnerai pas dans cette ville ; le lieu est associé dans mon esprit à un souvenir aussi brumeux qu'abject. Des images et des émotions qui remontent parfois par bribes. Une mémoire fracturée dont les débris se sont éparpillés, avec des pans entiers rejetés vers l'abîme auquel elles appartiennent. Une sorte d'immunité mémorielle. Pour que le tranchant me frôle et jamais ne me fasse saigner.

Nous passons avertir mes deux grand-mères de la réussite de Zahira. C'est dans les jardins de la morgue où mon oncle travaille que nous les retrouvons. Elles nous bénissent et nous donnent des billets d'argent, leur manière à elles de faire des cadeaux. Mon oncle aussi nous félicite. Il sort, vêtu de sa blouse immaculée et sa moustache, et il est tout sourire. Les jours de grande marée, il a du travail par-dessus la tête à cause des noyés que la mer avale et recrache quand elle est en colère.

– La mer est de bonne humeur aujourd'hui. Pas un disparu, pas un mort. Vous pouvez aller nager en toute sécurité. Emmène donc ton amie découvrir notre plage.

Le soleil décline lentement. Nous nous dirigeons vers la côte. Je connais cette plage et cet océan comme on connaît l'architecture d'un chez-soi.

– Tu vois, Zahira, je suis née là dans l'embouchure d'un fleuve qui donne sur la mer. Ma mère dit que je suis née sur la rive gauche. Mon père dit que je suis née sur la rive droite. Je dis que je suis née au milieu du fleuve, lors de la traversée. Voilà ma vraie origine.

Les pas alourdis par le sable, bras dessus, bras dessous, nous sourions en écoutant les *Ah* successifs du bruissement des flots. La mer ne parle pas. Elle chante. Instrument de roches et d'eau. Toutes les musiques de la nature sont là. Un appel. J'entends le cœur de Zahira qui bat de tant de splendeur. Comme elle ne sait pas nager, je nous guide vers une cavité où la roche et le sable se creusent et forment une piscine naturelle. Elle est si heureuse Zahira qu'elle est prise d'un fou rire. Je la tiens par la main et nous disparaissons dans les eaux. La mer, la plus sûre des couvertures. J'ouvre les yeux. Le ciel noir se reflète maintenant dans l'étendue limpide. La lumière des astres est à portée de main. La lune flotte tout près. Elle nous regarde et je peux la caresser du bout des doigts. Ici, rien ne peut nous arriver. Petite, je m'élançais à la poursuite des vagues. Je recherchais et aimais le sentiment d'absence au monde. Les vagues m'emportaient dans les remous d'un Atlantique déchaîné. Les oreilles remplies du gargouillis de mille lieues sous la mer. J'entendais l'interminable *Ah !* – cette exclamation de toute-puissance naturelle. Je m'absentais à la vie terrestre, le temps s'écoulait sur moi autrement, puis je réapparaissais sur la plage. Toujours l'océan m'a ramenée. Indemne. Déposons là les armes d'un corps d'enfant qui hélas ne nous appartient pas.

– Dis, qu'ont-ils fait à l'enfant Zahira ?

– Chantons donc ce qu'ils m'ont fait.

Ils m'ont brûlé les yeux. Je suis l'unique enfant d'un couple vieux et indigent. Un jour, je me suis levée avec des yeux de sang. Comme tous les bébés, j'ai pleuré. Puis les yeux se sont fermés, scellés de liquide jaune et visqueux. Je pleurais toujours. Aux riches, les médecins et les cliniques. Aux pauvres, les guérisseurs charlatans. Loi inique. Un homme se présenta qui prétendait me guérir contre si peu. Clous vermoulus, un œuf de gecko et des poils de hyène : quelle pharmacopée ! Il posa une écuelle sur le feu. Le père et la mère devaient tirer chacun sur la paupière. Dans mes yeux ouverts, l'homme a versé le liquide chaud. Je n'aurais pas pleuré. Je n'aurais pas respiré. Un cri strident et prompt, puis le silence. Inspiration interminable. Ténébreux remède qui me rendit sourde aux formes du jour. Pour toujours.

– Dis, qu'ont-ils fait à l'enfant Loula ?

– Chantons donc ce qu'ils m'ont fait.

Le souvenir est là qui la démange parfois. L'empreinte d'une douleur gravée dans le ventre. Les images sont remontées. Nébuleuses. Récifs apparaissant au gré de la marée. Cette histoire est plus distincte, plus lisible, depuis qu'elle a grandi et qu'elle vit aux Palmiers et près de Jacques. Depuis qu'elle a collé l'œil au judas de la porte, elle peut tout regarder en face. Elle a revu cette obscure silhouette. Cette même manière légère, l'ombre de cette présence qui tombe en chape de plomb sur les petits corps poupins et purs. C'était un frère, un sosie de Jacques. Les criminels, au fond, se ressemblent. La même odeur gluante, âcre, le regard visqueux qui serpente, s'échappe. Atteint de l'affection monstrueuse. Le vice. Les images sont remontées. Floues. Parcellaires. Mais elle déchiffre l'essentiel maintenant. Quel âge pouvait-elle avoir ? Cinq ans peut-être. Venue avec sa mère visiter la ville-blanche. Là où les commerces prolifèrent. La fête de la Nativité se prépare dignement. On change de garde-robe, et jusqu'au tissu du salon traditionnel. Elle se revoit marchant dans la grande halle. Le regard sur ses petits pieds, attentive à ne pas salir ses nouvelles chaussures. Tu es une gentille petite fille ! Alpha 55, l'unique grande surface du pays. Avec ses ascenseurs et ses vitrines décorées de clowns. Un clown, c'est un aminal ? Elle bute sur certains mots mais elle s'est éprise de cette langue qu'elle apprend. Qui l'obsède. Sa mère lui a acheté une robe blanche à froufrous. La petite tourne sur elle-même et la robe dessine des tourbillons. Vertige d'un tour de carrousel. Elle sait dire Merci monsieur, Merci madame, en français, et ça attendrit ceux qu'elle rencontre. À leur passage en caisse, pour dire au revoir, elle a prononcé « en revoir ». En revoir, avec mélodie, et la caissière lui a offert un sachet de poudre sucrée qui pétille dans la bouche. En revoir comme le présage de toute existence. Elle revoit donc la succession d'échoppes toutes semblables. Le souk des tissus. Surtout, tu restes bien à côté de moi, lui répète sa mère. Dans l'obscure boutique cette fois, les rayons se succèdent et se ressemblent. Des rouleaux de tissu. On dirait des murs mous de toutes les couleurs. Sa mère discute avec l'homme qui tient la caisse à l'entrée de la boutique. La petite s'ennuie. Elle tourne sur elle-même pour que sa robe se mue en toupie ou en carrousel. Un doux vertige dans la tête pleine d'imprimés, de couleurs. Elle tourne et valse et le labyrinthe l'avale. Elle tourne et on voit sa culotte. Ses fesses dodues d'enfant potelée. Bien visibles à l'adulte qui la regarde en silence. Je suis ton ami, n'aie pas peur, dit un homme assis sur un tabouret. La petite ne l'avait pas vu. Il se tient assis au fond de la boutique, entre les colonnades de velours. Bravo, continue à tourner comme tu fais. Elle le regarde, il l'intimide. Sa mère discute plus loin. Elle ne la voit pas, elle l'entend et ça la rassure. Approche-toi. N'aie pas peur. Surtout ne dis rien. Un deux Chut. Roi du ciel roi de la terre si tu parles, tu deviens sorcière. Elle ne comprend rien. On lui a appris à obéir aux adultes. La petite s'approche. L'homme tâte son pantalon, son entrejambe, elle se dit qu'il a envie de faire pipi. Viens t'asseoir sur mes genoux. Approche-toi. N'aie pas peur. Je suis ton ami. Suis-moi par la petite porte et on ira voir un clown. AMINAL ! Trou noir, le flou. Une crispation. L'homme la tire par la main. Séisme et effroi. Un cri dans la boutique obscure. Un deux Chut. Roi du ciel roi de la terre, elle deviendra sorcière. Elle entend sa mère maintenant, le hurlement puis la foule. Heureusement que sa mère a accouru à son secours. Il ne s'est rien passé. La petite est indemne. Tentative d'enlèvement ou attouchement ou attentat à sa pudeur, elle ne sait pas. Un moindre mal. L'ombre poisseuse d'un homme AMI-NAL des enfants l'a frôlée un jour, elle s'en souviendra. Elle se rappelle cette manie qui longtemps lui fera laver les mains plus que de raison. Cette main visqueuse et molle qui encercle son poignet. Elle en gardera la sensation. Les draps, les serviettes près des lavabos, elle les humera longtemps à pleines narines avant de s'essuyer. Mettant en doute la propreté du monde. Constamment, a priori sale. Il ne s'était rien passé. Déjà, cette fois. Il n'y avait pas mort d'homme.

– Depuis ce jour-là, moi aussi, je vis sur mes gardes, ma chère Zahira.

12

Exit la tristesse. Requinquée par mon escapade avec Zahira dans la ville-mer, la fantaisie familiale, et les baignades, je suis rentrée aux Palmiers. Démons apaisés, j'occupe mes pensées à esquisser mille projets de retrouvailles romantiques avec Trabolta. Mon cœur chaloupe en écoutant *Cose della vita* de monsieur Ramazotti dont la cassette est restée coincée dans le walkman. J'ai aussi acheté deux chaînes en argent avec des pendentifs en boîtes à secrets. À Trabolta j'en offrirai une, et il y mettra ma photo. Et dans la mienne, je mettrai son visage que je porterai là tout près de mon cœur.

L'intuition que je verrai Trabolta prochainement me remplit d'allégresse. À la première visite de Zahira, je prétexterai devoir la raccompagner ou mieux encore : une invitation à dormir chez elle – et je courrai retrouver mon amour sur la Grand-Place. Lui faire une surprise lors de son numéro nocturne où il joue, chante et danse avec Patron et Hmidcha.

– Le sculpteur des jeunes filles est passé te voir cet

été ! qu'elle a dit ma mère à mon retour, le regard inquiet, pour signifier que j'avais bonne mine et que bien loin est le temps de mon apparence de bougre de village.

Mes gestes sont plus mesurés, pesés et emballés de précautions. Tous les jours, je m'apprête de longues minutes devant le miroir avec la conviction de croiser Trabolta, tout à trac, et à n'importe quel moment. Une heureuse fortune l'amènerait vers moi, et il apparaîtrait, avec sa fossette, et sa voix d'instrument à vent chantant *La Nouba des amoureux*. Ce serait peut-être au petit marché où j'accompagne ma mère, ou près des Mortiers ou du cimetière chrétien, ou devant chez Ider l'épicier. Là où les pas pourraient le mener. Hasard improbable et non impossible. Il pourrait surgir ; nos yeux se croiseraient, mon ventre tremblerait, et il faudrait que je lui sois belle et présentable. Je me tiens donc constamment prête.

Le flacon familial d'huile de monoï, je l'utilise plus que de raison. Étalant une couche luisante sur ma peau hâlée par le soleil maritime. Et tous les prétextes sont bons pour que j'aille chez Lady Di qui me lisse la frange au sèche-cheveux et me coiffe à la brillantine senteur coco. Toujours prête à rendre service à un adulte, ma mère, madame Jorio ou madame Fanida ; je me rends plusieurs fois par jour chez la coiffeuse sous couvert d'aller acheter un berlingot de lait ou une botte de menthe chez l'épicier.

L'élan de joie est par ailleurs renforcé par des nouvelles réjouissantes : Lady Di a rencontré Fatima. C'était à l'occasion de la fête annuelle de l'amicale des coiffeuses. Après être devenue taboue, et pour effacer des mémoires l'épisode du viol sur nos terrasses, Fatima a été expatriée des Palmiers. Donnée en apprentissage à une coiffeuse, comme on donne un chiot trouvé dans un cimetière. Un peu comme Moha qui travaille comme larbin chez Ider l'épicier, à qui il a été laissé par des parents restés dans les montagnes du Souss et qui en descendent une fois l'an pour chercher leur traitement de parents pauvres. Fatima travaille donc et vit et dort dans un salon de coiffure du côté du quartier SYBA (acronyme de Sidi Youssef Ben Ali, qui se traduirait par anarchie). Des ruelles populaires où je ne me suis jamais aventurée et qui sont plus mal famées encore que les Indigents ou le dédale de la médina. Fatima n'a pas encore le droit de plonger ses petites mains dans le bac à shampoings Cadum et à défrisages Styliss. Affectée à l'hygiène et aux courses, elle passe ses journées à ramasser les cheveux coupés et à courir chercher les sachets de Wella et d'eau oxygénée chez l'épicier pour éclaircir les cheveux des dames.

Ces dernières journées de vacances d'été se passent donc à merveille. Mais c'est à croire que Jacques m'est vraiment destiné. Nos chemins convergent de plus belle.

Crotch grab. Mouvement de va-et-vient. Ma main poisse. Sous cette chaleur toute peau au contact d'une autre ou d'un objet ne transpire pas, elle dégouline. Il suffit de glisser ses doigts sur le tube lisse, rond et noir. Le faire tourner vers l'avant pour s'envoler, et s'enivrer de volupté. La vibration dans tout le corps est un sentiment agréable. Tenir un frein en main, ce n'est pas bien compliqué. Conduire une mobylette non plus. Sauf quand on a décidé de déraper. Je raconte :

Chaque fin d'après-midi, la horde des Palmiers se retrouve sous les bigaradiers de l'esplanade Michael ; et pas même le soleil carnassier n'a raison de nous et de notre vitalité. On improvise des chorégraphies pour *Stranger in Moscow* et *You're not alone*, ce qui convient à mon humeur fleur bleue du moment. Sana et Nazik ont aussi résolu de m'apprendre à conduire une moto. Elles me dispensent des cours particuliers toutes les fins d'après-midi. Pratique à l'appui avec la Peugeot 103 dont Sana a hérité de sa sœur aînée partie effectuer un stage à Gibraltar avec son école hôtelière.

Je démarre de l'esplanade Michael, longe le mur qui nous sépare de l'Alque, passe devant l'entrée des Mortiers ; je fais le tour du U des Palmiers, puis recommence. Croc-Blanc me court derrière et on dirait un lièvre, et la file devant la prison prend peur et s'écarte à son passage. Dès que je m'arrête, il vient réclamer des caresses et agite sa queue en signe d'affection. Je dois avouer que la tentation d'accélérer, de disparaître pour partir en direction du boulevard et de l'Alque et de la Grand-Place me saisit à chaque fois. Mais au dernier moment, par loyauté, je me ravise. Une vraie thérapie, cette bécane. Je rôde, je m'entraîne avec l'instinct qui voudrait me faire casser n'importe quoi et que je canalise en accélérant. Quelque chose en moi aimerait frôler le néant. Je fais l'expérience de l'apesanteur, et la vitesse me donne une sensation de grande légèreté. Un vertige qui doit me rapprocher d'un sentiment de mort.

La veille, Jacques est apparu en même temps que la horde des Palmiers. Pour la première fois, j'ai remarqué que la mèche qui tombe sur son front est maintenant blanche. Sa manière de descendre sans arrêter sa bicyclette m'a toujours fascinée. Il est sur son vélo à cornes comme on conduit une mobylette. Jacques se tient en danseuse. Bien droit. Sa jambe dessine un demi-cercle en passant par-dessus la roue arrière. Et son pied droit se trouve près du pied gauche resté bien appuyé sur la pédale. Par magie. Jacques ne pédale pas, il vole. Il roule des mécaniques, et fait la libellule comme on se tient sur un skate ou sur une planche qui avance toute seule par miracle. Le torse bombé, il fait le beau, exhibe son corps emmailloté dans des vêtements toujours serrés. Le corps presque dénudé. Lunettes bleues toujours pour cacher son regard. Il s'arrête et accède à l'immeuble A sur la pointe des pieds.

Une fascination toxique que je n'ai pu réprimer a provoqué mon dégoût. Et ce mépris, cet air qu'a monsieur Jacques de nous signifier : *Je m'en fous de vous bande de petits rats et de petites Fatma et de petits bicots !*

Un peu plus tard, je faisais un tour de mobylette quand j'ai vu Jacques arriver en sens opposé. J'ai accéléré en avançant dans sa direction. Monsieur Jacques s'est serré contre le mur de l'Alque, et tout est allé si vite. Mon bras gauche a d'abord râpé le mur. J'ai ensuite freiné et Jacques est reparti. Enfin. Il a disparu en pestant, haut perché sur son beau vélo.

Oui j'ai fait exprès. Voir monsieur Jacques vaciller m'a procuré du plaisir. Une jouissance malsaine accentuée par le spectacle que j'en offrais à la horde des Palmiers. Jacques avait grogné comme un chien enragé. *Merde*, qu'il a grommelé en serrant les dents. Il a vacillé sans perdre le contrôle. J'ai vu de près son corps dénudé. Ses muscles se crisper, se gonfler de puissance saillante. *Merde*, encore une fois, lorsque mon sang de jouvencelle espiègle s'est déposé sur sa peau et que nos bras se sont frôlés en repartant chacun en direction opposée.

Nous en rions encore aujourd'hui avec Sana lorsque ma mère me hèle du balcon. Je dois rentrer. Mon oncle d'Amérique est chez Sidi et ils partent tous dîner là-bas. Moi, j'ai invoqué la douleur du coup de soleil sur mes épaules pour ne pas y aller. Prétexte fallacieux pour rester seule dans l'appart.

Je savoure ces moments de solitude que je remplis de ce couple d'amoureux qui vit dans mon monde intérieur. Je regarde par le judas. La nuit commence à tomber avec cette lumière tamisée de fin de journée sereine. Promesse de fraîcheur nocturne après une journée caniculaire. Mon regard se pose sur mon sanctuaire et je vois *Le Pays des asphodèles*. J'hésite à ouvrir ce livre et finis par allumer la télévision sur une énième diffusion de *Mother India* avec des débuts roses qui chantent l'amour avant l'infortune (mot appris grâce à monsieur Dumas et à mon amitié littéraire avec Edmond Dantès) et qui à chaque fois me fait verser des larmes. *Mute*. L'écran diffuse des couleurs qui éclairent les murs.

Au milieu du linge étendu sur le balcon, j'aperçois les soutiens-gorge à armature de ma sœur Farah. Je m'empresse de les essayer. J'enfile une robe noire et courte que j'ai achetée lors de mon voyage à la ville-mer mais que je n'ose pas encore porter. Le haut ressemble à un débardeur noir qui colle au corps à la manière des marcels que porte Jacques. Un trait de khôl noir dans les yeux ; je me maquille, et que c'est dur de passer sur mes lèvres les petits échantillons de rouge que Lady Di m'a donnés. Grande frayeur lorsque le flacon de Chanel N°5 de ma mère dont je me suis parfumée tombe dans le lavabo. Par bonheur, le verre épais a résisté à la casse. Je m'approche de la vitre du balcon et y regarde mon reflet. Mon corps d'enfant n'est plus. Ce corps a pris pour moule celui d'une femme. Ma mère a raison : le sculpteur des jeunes filles est venu le transformer. Excitation mêlée de peur à cause de l'Homme qui est un animal de la famille des mammifères, ce qui veut dire qu'il est capable de perdre le discernement. *Suivre ses bas instincts pour deux mamelles*. Mi-Milala m'ont mise en garde contre le mâle.

Je regarde dehors en espérant que Zahira me rende visite. Tous les soirs je l'attends pour construire un alibi et retrouver Trabolta sur la Grand-Place au milieu des orchestres, des *Gnaouas*, des hommes qui dansent en habits de femme en toute fierté et que j'aime. Je réfléchis aux mots que je lui prononcerais. Par exemple que je ne peux vivre loin de sa voix ; qu'on vivrait un jour sur la Place, ou à Saint-Loup-sur-Semouse ; eh oui, un jour, une princesse a épousé son chauffeur. Puis on dirait : *Je t'aime.*

Voilà Jacques qui rentre. Il semble pressé comme à chaque fois qu'un adonis le suit de loin. Le petit visiteur fait le tour des Palmiers en attendant que Jacques le guide en apparaissant torse nu et haut perché sur son balcon. Mode opératoire discret et bien rodé.

Le soir tombe avec sa douceur qui fait sortir les gens de leurs terriers. La ville vit de nuit. J'entends des pas. Quelqu'un monte. C'est peut-être Zahira. Du judas se reflète la lumière de l'escalier. Ce n'est donc pas mon amiétincelle. Je suis déçue et je colle mon œil sur le judas, et la nuit tombe, tombe en obscurité menaçante.

Du judas je vois
Trabolta monter chez Jacques
et je deviens enfant fossile
Une douleur dans l'œil
morsure d'un scorpion qui vit
sur les toits de mon enfance

❖

Tu cours dans la nuit. Au milieu du bruit des mobylettes et des sabots des calèches qui claquent sur le bitume. La ville a sorti ses habits de fête ; des lumières de toutes les couleurs scintillent au-dessus des hôtels et des restaurants et des discothèques. La nuit grouille de badauds qui te sifflent. *Gazelle, viens boire un verre !* Tu attends devant le syndicat d'initiative, adossée au mur pendant une heure. Tu n'es pas même surprise quand tu vois Doukali surgir. Tu n'avais jamais remarqué qu'il travaillait dans une agence de voyages non loin.

– Tu viens pour les chiots, les petits de Cannelle ? On les a tous vendus.

– Non, merci, j'ai déjà Croc-Blanc. J'attends juste la navette du PalmEden.

Puis la navette arrive. Les touristes heureux montent et discutent dans toutes les langues. Leurs bras sont chargés de lampes d'Aladin et de pâtisseries au miel.

Tu arrives au PalmEden et tu fais semblant de chercher ton père. Ta mère t'avait pourtant interdit d'y aller ou même de sortir. Tu erres dans les jardins, perdue au milieu du coassement des crapauds. De loin, une musique en sourdine : *Hit the Road Jack !*

Tu t'avances, près des pédalos, pas même méfiante. Ce bassin, tu le sais, est plus profond qu'une piscine.

Besoin d'eau. Tu plonges. Avec l'intention de ne plus remonter.

L'orchestre de jazz continue à jouer : *Hit the Road Jack !*

La vie exhibe parfois des hasards excessifs.

Tu aurais voulu que ce fût la mer.

La mort de l'adulte

« De nombreux sujets n'arrivent pas à trouver la formule verbale qui leur permettrait de rejeter le rôle qui leur est assigné par l'expérimentateur. Peut-être notre culture n'offre-t-elle pas de modèles adéquats pour la désobéissance. »

Stanley Milgram,
Expérience sur l'obéissance
et la désobéissance à l'autorité

13

Mon enfance a duré des plombes.

Le brouillard se dissipe. Les fils de silence qui tissent une toile d'araignée recouvrant mon monde, je les transperce à mesure que je grandis.

J'ai quinze ans et mon idéal d'amour est né sous des auspices tragiques.

Ce garçon agrippé à ma bouche, c'est Morad. Oui, Morad qui habite aux Mortiers. Ses lèvres humides ont un goût nouveau qui ne m'est ni agréable ni répugnant. Nous sommes là, devant chez monsieur Jacques, et je lui donne son smack. Une intrusion dans mon corps, je ferme les yeux et ma bouche happe sa langue raide. Je lui ai demandé de me rejoindre là-haut et Sana se promène dans l'immeuble entre l'entreprise des fromages fermée à cette heure-ci et le rez-de-chaussée où habitent madame Fanida et son frère. À l'affût des intrusions, Sana fait le guet et donnera l'alerte si un adulte s'aventure vers les sommets. La porte du toit-terrasse craque un peu, et le long baiser en apnée s'interrompt. Un cadenas pendouille, témoignage d'une intrusion dans un territoire interdit où l'on peut fumer ou rouler un joint ou s'embrasser tranquillement. Morad et moi, nous sommes dans le petit renfoncement, entre la porte du toit-terrasse et l'appart n° 7. Il glisse la main sous mon tee-shirt d'un geste mal assuré, il soulève mon sein par le bas comme s'il s'apprêtait à le peser. Je sens mon téton durcir, et je découvre que cet organe est capable de vivre sa vie propre, en toute indépendance de ma volonté. C'est la première fois que l'on joue aux amoureux avec Morad. Pour des raisons suspectes. Absurdes. Après ma proximité charnelle et innocente avec Trabolta le jour où nous sommes montés sur le mont du fort Mangin, Morad est le premier garçon que j'embrasse, vraiment, avec la langue, par dépit, tristesse, et pour vérifier que mon cœur n'est pas mort. Hélas, il est rogné, en miettes, et à part la peur de me faire attraper, je ne ressens rien pour ce garçon. Piétinés les cœurs qui battaient sur toute ma peau quand des ricochets se dessinaient sur le visage de Trabolta. Rien pour Morad.

La porte de chez Jacques s'ouvre soudain et il apparaît en slip moulant et babouches aux pieds. Les deux silhouettes que j'ai vues monter plus tôt dans l'après-midi sortent en catimini. Je reconnais le rabatteur, junkie aux lèvres bleues et à la chemise canadienne boulochée qui parfois reste sur le seuil, attend sur le palier où sa respiration et son odeur de cannabis me sont familières. Lorsqu'il apparaît aux Palmiers, il est toujours flanqué d'une nouvelle victime. Sa spécialité, c'est les chérubins prépubères dont il approvisionne Monsieur. Car les petits indigents aussi ont besoin d'une main qui se tend. Il les accompagne et négocie et empoche l'argent du travail de leur petit corps exploité en l'absence du protectorat à l'enfance. Ce corps, tant qu'à en donner le fruit et l'usage à autrui, je crois qu'ils ont raison d'en tirer des bénéfices pour eux-mêmes.

– C'était une turlutte ou une morsure ?, j'entends, tandis que les deux garçons dévalent l'escalier et que Monsieur s'enferme à double tour.

Avec mes amis, nous parlons : *amour, flirt et smack.* Les visiteurs de Jacques chuchotent des mots nouveaux : *fellation et sodomie.* Richesse sale et mal acquise de notre vocabulaire.

L'image de Morad m'embrassant devant l'œil-judas de Jacques me poursuivra toujours. Pourquoi donner ses premiers baisers devant sa porte ? S'échiner à une misérable vengeance, à exprimer une tendresse mal née devant la fosse du loup ? Tous les interdits, nous les bravons devant chez lui. On emboîte le pas aux garçons qui montent et on se terre dans le petit renfoncement pour découvrir la sensualité, avaler des boulettes de pâte hilarante qui modifient la conscience et me font peur. J'ai tôt entrevu l'autre côté de la rambarde, ce vide où je pourrais basculer à la moindre oscillation. Qu'un drame arrive est ma hantise que vient réveiller le vieux rémouleur poussant son atelier mobile. *Madame, ô madame. Couteaux-ciseaux-madame*, de sa voix nasillarde, et vêtu d'un pardessus élimé comme qui voulait faire chic en 1912, l'année où monsieur Regnault imposa le protectorat français à notre territoire. J'entends l'appel de l'affûteur de lames et des idées sombres m'assaillent. Noire est la colère.

Nous avons grandi. Les adultes ne voient pas, et refusent de voir, et voient et ne disent rien. Le mécanisme fait son chemin dans nos consciences qui commencent à se corrompre. Secret pour secret. On sévit vers chez Jacques avec nos transgressions. Et on le laisse tranquille et l'hymne à son encontre s'élève de moins en moins au-dessus de notre ciel muet. Jacques me doit d'avoir naïvement guidé à lui les petits amants perdus dans l'architecture labyrinthique de notre immeuble. Ce pourquoi je lui en veux à mort. La mort, oui, la mort. Jacques fait entrer chez lui un enfant de notre âge, Trabolta ou un autre élevé pour faire girouette et singe-acrobate sur la Place, vendre sa peau s'il le faut. Son corps en catin offert à un Français. Car avec les *Gawris*, les Occidentaux, c'est bien connu, ce n'est pas pareil. L'enfant et l'adulte coucheront ensemble, pendant que nous, on se tripotera devant la porte. Nous n'avons jamais eu pour notre défense que l'amertume des oranges dont nous bombardions les murs. Nous sommes sur cette passerelle précaire qui nous conduit de l'enfance vers l'âge adulte. Bientôt, on prêtera allégeance au silence qui nous rapproche de la famille des puissants. D'un Français. Et les Français ont toujours raison, on leur donnerait même le bon Dieu et l'Enfant Jésus et la Vierge Marie sans confession et sans distinction de bonnes et de mauvaises actions.

Dieu qui n'est pas notre Père à nous et qui nous aurait peut-être oubliés. Nous ne sommes pas de la même race que les dieux du monde. Dans notre religion, Il est le Seigneur et nous sommes ses esclaves. Abraham lui a même sacrifié son fils Ismaël, un enfant né d'une servante indigente, donné à la place d'un veau gras et sacrificiel.

Tu peux raconter, oui, et dire ton cœur marqué au fer rouge. Et comment à chaque fois qu'un garçon, de ton âge ou plus jeune ou à peine plus âgé, monte l'escalier, tu ressens cette brûlure dans ta poitrine. Si ce n'est pas Trabolta, c'est un enfant de la médina qui lui ressemble.

– C'est ici chez le Français, l'Occidental, l'Européen, le chrétien, le monsieur, Jacques, le *Gawri* ?

– Partez tout de suite. Partez ou j'appelle à l'aide.

Maintenant tu t'escrimes à refouler ceux qui sonnent à ta porte, ceux que tu repères perdus dans l'escalier depuis ton judas. De tes moyens maigres, tu fais barrage.

Tu n'es pas retournée au conservatoire. Pour te consoler, tu te dis que l'amour naissant dans ton sang, ton esprit et ton âme vierges avait peut-être pris des proportions démesurées, donné à ton histoire avec Trabolta une importance qui n'existait que pour toi.

Les garçons qui viennent chez Jacques sont jeunes. Ce qu'aime Jacques, c'est l'âge de la puberté, ces adolescents et préadolescents. Domptés. Habitués à l'obéissance, à la débrouillardise que leur imposent les adultes. Glabres et beaux et élancés vers une transition qui ne tardera pas à les endurcir, faire d'eux des adultes avant l'heure. Physiquement et mentalement abîmés et rejetés.

Dans ta boîte noire, tu as gardé des images parcellaires et floues, album photo de Jacques gravé dans ta mémoire :

– Au marché moderne de Guéliz, près de la rue de la Liberté où habite une de tes camarades du collège. Tu aimes t'y rendre avec ton amie qui se passionne pour deux perruches en cage exposées dans l'échoppe d'un parent épicier. Décembre et une odeur de cèdre. Dans l'allée habituellement vide, sont entassés des sapins de Noël et tu vois Jacques. Il porte un short aussi court qu'un boxer, un marcel bleu et les éternelles espadrilles aux semelles de corde de jute tressée. C'est l'hiver et cette tenue légère t'impressionne. Tu frissonnes. En repartant, tu l'aperçois sur le trottoir à l'angle de la rue de la Liberté et de la rue du Liban. Il discute avec un jeune homme flanqué de deux adolescents. Tu marches vers les Palmiers et Jacques te devance. Tu te retournes régulièrement sur l'adolescent qui vous suit seul désormais. Marché conclu ; tu sais qu'il se dirige vers l'appart n° 7. Là où les garçons de ton âge, tes petits camarades, comme ton premier amour, couchent avec monsieur Jacques au-dessus de ta tête. Ils couchent pendant que tu regardes *Top Music* ou fais tes devoirs.

– Tu t'étonneras toujours de connaître aussi bien le corps de Jacques. Tu l'as vu de si près. Ce jour où tes pas t'avaient guidée vers les sommets de l'immeuble A. Tu as vu Jacques en slip et en babouches. Son torse en trapèze t'avait semblé démesuré par rapport à ses jambes. Comme la fois où il s'est retourné vers le renfoncement du toit-terrasse, et qu'il ne se souciait pas de vous voir, Morad et toi. Pour ne pas lorgner sur vous, il fallait que vous lui restiez transparents. Invisibles à l'œil de Jacques.

– Jacques en descendant croise son visiteur qui monte en *sunwalk*. Il pose une main sur le derrière bien rebondi, tâte comme on tâte une marchandise. Tu as toujours su qu'il aimait les rondeurs. Il tâte en vitesse et remonte avec sa proie. Du judas, ton œil imprime l'instant.

– Des corps nus sur le balcon. De loin, tu ne vois que deux torses hâlés s'animer. Se rapprocher, chahuter, puis disparaître vers l'intérieur.

Tu as abandonné le conservatoire et tu as donné la guitare à ton petit frère. Aucune musique ne sort plus de ton corps. Tu as renoncé à produire toute mélodie. Il y a des musiques qui écorchent ton âme de grande sensible. Tu ne t'en remets pas et tu pleures en silence. Toute beauté souffle sur les braises de ta douleur. Ton amie Zahira, tu ne la vois plus. Après l'obtention de son brevet et de son bac, elle est partie étudier la musique dans la ville-mer où elle loge chez tes ancêtres.

Oui, tu te vois comme un miroir liquide dans lequel se reflètent les souffrances de l'enfance. Tu te dis que tu as l'amour maudit ou que tu es une mauvaise fille et tu n'as pas envie d'être une mauvaise fille. Trabolta est monté chez Jacques et tu sais très bien ce qu'il s'y fait. Maintenant, dis les choses : Trabolta est monté faire l'amour avec Jacques. L'enfant Trabolta, amoureux de l'enfant Loula, a fait l'amour avec l'adulte Jacques, voisin de Loula. Voilà la vérité. Les lèvres qui portaient la promesse d'un premier baiser, Jacques les a dévorées de son appétit d'ogre mangeur de chérubins. Jacques les a violées, y a étalé son foutre.

Certains silences sont plus toxiques que mille mensonges.

Tu te poses des questions interminables, tu entrevois des réponses et tu te sens seule :

– Jacques aurait-il pu sévir ainsi, se faire servir par ses sbires et respecter de ses voisins s'il s'était appelé Mohamed ou Noureddine ou Ider ? S'il avait eu des cheveux crépus comme les tiens ou la peau noire ?

– Qu'en serait-il si au lieu de Trabolta et ses semblables, on voyait monter le garçon Saadi ou un autre

Missionnaire ou Palmiers ou des blondinets comme les enfants de monsieur Istrati le directeur du PalmEden ?

Tu as donné à Morad son smack la veille de ton départ des Palmiers. Morad veut faire le coq, fanfaronner dans la résidence et dans son lycée parce qu'il a une petite amie. Et toi, tu as voulu essayer. Réanimer ton cœur ou le jeter aux déchets, brûler ce cœur poignardé et trop tendre.

Ta mère a fini par acheter un appartement. Depuis le temps qu'avec ton père ils cherchent à accéder au statut de propriétaires. Tes parents ont dit que ce déménagement signifiait aussi se serrer la ceinture, à cause du crédit logement. Un emprunt de la Banque immobilière et hôtelière au taux si exorbitant que ta mère dit : « J'ai acheté un appartement et la banque en a gagné le salon et la cuisine. »

Tout se paye. Tout s'achète, même l'argent qu'on emprunte, et on n'a jamais prêté aux *pas-riches* que pour les appauvrir.

❖

Impromptu. La dernière fois que ton chemin croise celui de Trabolta.

Bientôt, tu quitteras les Palmiers. Tu es assise sur le parapet de la décharge. Ta main se pose sur Croc-Blanc, tu le regardes manger. Automatisme. Rien ne t'atteint plus. Tu t'es enfermée en toi-même.

La veille, tu as vu : Trabolta a accompagné un ami chez Jacques, c'était sa deuxième visite. Ton amoureux a dû disparaître dans la chambre ; et l'autre est resté debout sur le balcon à l'attendre et à fixer le monticule de déchets dans le terrain vague. Puis est arrivé le moment de s'en aller et du bas de l'immeuble la horde des Palmiers a entonné son chant de révolte.

Tu n'as pas reconnu le sourire de Trabolta, et tu te dis qu'on ne sourit plus pareil quand on a été désintégré. Comme sous les coups de madame Guerma. Est-ce que le visage de ton amie Fatima est toujours le même ? Et que ressens-tu, Trabolta ? Le poids d'une pierre dans ton ventre ?

Lorsque en bas de l'immeuble A vos yeux se sont croisés, il a esquivé ton regard, puis mis calmement ses écouteurs dans ses oreilles. Pas même les larmes. L'ornière est sèche. Et sans un mot, il a sorti le billet que monsieur Jacques lui avait donné. Il l'a défroissé, exhibé devant la lumière. Il l'a observé tremblant dans l'air chaud avant de le lâcher. Le papier bleu a dansé dans la poussière. La horde des Palmiers s'est élancée à sa poursuite en ricanant. Trabolta a disparu dans la lumière rouge sans se retourner. Sa géhenne.

Puis le silence et le vide avant l'éternelle répétition

des faits : *ô qu'il est beau, ô qu'il est laid…* et le rémouleur qui passe en appelant *couteaux-ciseaux-madame*.

Tu caresses Croc-Blanc. Tu te lèves et prétextes de te rendre à l'épicerie.

Un éclat de charbon fendille le ciel.

14

Je hais les déménagements. Le premier m'a séparée de la mer, le deuxième m'a jetée dans la fosse aux scorpions, aux portes d'une prison. Celui-ci est mon troisième et bien que je sois contente de m'éloigner des Palmiers et de Jacques, l'appréhension est là qui me mine. J'ai quitté la résidence avec force promesses de retour à tous ceux que j'apprécie : Lady Di, Nazik et Sana. Vœu pieux, évidemment. Et sans doute que les Valjean qui partent des Mortiers partagent mon sentiment : l'exaltation de la liberté que procure un changement d'adresse, avec l'engagement fallacieux de revenir voir leurs compagnons de cellule.

À cause de mes attentions pour lui, Croc-Blanc n'est pas chien errant à pourvoir à sa pitance dans les monticules de déchets jetés dans le terrain vague. Au dire des miens, je lui aurais donné de mauvaises habitudes. Il m'incombe donc de trouver une solution au risque que mon départ ne mène à sa mort. Pour embaucher un remplaçant, j'ai fait le tour des enfants des Palmiers qui se gaussent de ma sensiblerie de cynophile (mot trouvé dans Petit Robert). C'est contre toute attente le fils Boutboul qui m'a aidée. Je me suis adressée à lui en désespoir de cause et parce qu'il est toujours aux premières loges à observer depuis son balcon les effusions et les moments de complicité joyeuse que je partage avec l'animal. Aussi m'a-t-il orientée vers Moha, l'apprenti épicier. Bon nombre de ménagères prises de pitié pour cet enfant travailleur – que d'aucuns croient orphelin – lui livrent une gamelle quotidienne, espérant par ce geste généreux alimenter leur crédit de bons points sur le grand registre d'Allah. Moha est suralimenté, il a accepté sans problème de céder ses restes au chien. J'ai sacrifié à Moha mon walkman qui commence à rendre l'âme à force d'avaler les bobines des cassettes, m'obligeant à tournoyer le capuchon des stylos Bic pour les rembobiner. Une sacoche FRAM sous blister et une casquette à l'effigie du PalmEden. Marché conclu. Moha veillera donc sur Croc-Blanc en mon absence. Un esseulé m'inspire plus confiance. Avec son embonpoint et sa bonne mine qu'avivent ses pommettes roses et luisantes, et n'était sa peau en crêpe mille trous, je l'aurais trouvé mignon et garçon bon à aimer.

Nous habitons maintenant une villa dans un quartier chic et éloigné du centre-ville. Pas la villa entière. Notre appartement est situé au deuxième étage d'un ensemble qui en compte huit et qui voisine avec des maisons qui rivalisent de splendeurs architecturales et de jardins exotiques. On dit que la ville du futur se fera de ce côté-là. Nous vivons donc parmi les riches. Plus pauvres que les riches ; plus riches que les pauvres. Nos voisins sont des professeurs surendettés, cadres corrompus d'entreprises publiques, et employés du tourisme. Ces derniers s'étant empressés d'investir dès que l'orage de la guerre du Golfe fut passé (les salaires hôteliers avaient été réduits de moitié). Seul un appartement appartient à un couple néerlandais. Le mari est un médecin toujours aimable, et l'épouse, une fille originaire d'ici qui, à Rotterdam, souffre de dépression hivernale, et vient une fois par an se réfugier sous notre soleil carnassier.

Qu'il est agréable de se promener à vélo dans les rues vides de ce quartier résidentiel. Entre les villas fraîchement érigées ou en cours de construction. Pédaler en serpentant pour éviter d'écraser les carapaces de tortues qui tombent des jacarandas. Le voisinage nouveau est calme et sécurisant. Les enfants ne jouent pas dehors. Bébé suit des cours de karaté qui ont lieu dans le sous-sol d'une villa aménagé en dojo, ce qui me rassure quant à sa future capacité à se défendre. Pour l'instant, je mets un point d'honneur à l'accompagner de peur qu'il ne lui arrive un malheur. Une mauvaise rencontre, un Sensible exhibitionniste ou Jacques qui s'aventurerait jusqu'ici pour s'approvisionner en garçons. J'ai développé une obsession sécuritaire pour les plus jeunes. Là où je suis présente, les mères peuvent dormir tranquilles. Je veille au grain, m'autodésignant volontiers pour accompagner tous les amis de Bébé jusqu'à leur domicile et ne repartant que lorsque la porte se referme derrière eux.

J'en oublie un peu que j'ai moi-même besoin de protection et surestime la force de mon corps d'adolescente de grande taille. Ce corps qui me donnera toujours plus que mon âge et qui m'arrange à cause du respect que force mon apparence trompeuse de jeune adulte.

Mon souvenir de cette première année est associé à une rencontre déterminante : madame K, ma prof de français.

Je l'appelle ainsi car au-delà du fait que ce soit son initiale, elle est comme le K de la nouvelle de monsieur Buzzati. Les élèves la voient comme un péril, sa rigueur et sa sévérité de professeure exigeante les effraient, mais moi, je sais qu'elle veut notre bien.

« Si vous ne devenez pas écrivain un jour, vous aurez raté votre vocation. » Voilà la perle que madame K m'a offerte un jour.

Les textes de mes exercices de rédaction faisaient mouche auprès d'elle et impressionnaient mes camarades obligés de m'écouter lire des phrases parfois nébuleuses. Au traditionnel : « Décrivez votre ville pour inciter un ami touriste à la visiter », je rédigeai :

Jamais ville n'aura autant affiché la couleur de sa nature. Rouge est l'amour, et rouge est le sang. Les murs de la ville ont tellement aimé, pour le meilleur et pour le pire. Ils ont tellement saigné aussi, qu'ils se sont imprégnés de rouge (…). Quel est donc ce miracle qui fait cohabiter l'ardent soleil avec les neiges des sommets de l'Atlas, visibles par des journées toujours douces depuis les avenues bordées de rosiers odorants et colorés de toutes les nuances de rose et de blanc ? Il n'y a pas que les neiges qui peuvent être éternelles, le soleil et nos roses le sont aussi (…). Notre sens de l'accueil est exceptionnel. L'invité est pour nous un prince. Et c'est sur nos calèches que nous promenons ceux que nous aimons recevoir. Oui, nous vous portons sur nos dromadaires et nos dos, comme font les amoureux qui kidnappent leur princesse sur un cheval blanc. Nous nous donnons corps et âme pour vous servir et corps d'enfant s'il le faut.

En guise de remarque, madame K avait entouré au stylo rouge mon « corps d'enfant s'il le faut », qu'une flèche reliait à cette remarque : *Abscons ! Abscons*, un terme dont je m'empressai de consulter la définition dans mon Petit Robert.

Une autre fois : « Défendez une cause qui vous tient à cœur » :

L'enfant n'a pas le droit de parler. Le citoyen de demain ne s'exprimera donc pas. L'enfant n'a pas d'argent. Le citoyen de demain prendra ce qu'on lui donne ou il le volera. Le corps de l'enfant ne lui appartient pas. Le citoyen de demain cachera son corps comme se cachent les rats ou alors il fera du mal à son corps et à celui des autres.

Je suis l'enfant et je vous demande : suis-je propriété publique ou joujou d'adultes ?

On nous dit : Obéis à toutes les grandes personnes, considère-les comme tes parents, tes oncles et tantes. Tous les Français sont gentils et meilleurs que toi. Le citoyen de demain est un humilié, un obséquieux vulgaire.

Le pays riche domine le pays pauvre. L'Homme riche domine l'Homme pauvre. L'homme domine la femme. L'adulte domine l'enfant. L'enfant domine l'animal. L'animal domine l'animal.

Ainsi, la vie n'est qu'une succession d'injustes dominations. Telle est la vérité et la vérité éclate toujours comme éclatent les murs. Ceux que l'on rafistole sans se préoccuper de leurs profondeurs pourries. Une couche neuve sur une vieille couche et ils se fissurent.

Ce à quoi avaient applaudi mes camarades. À côté du 10/10 que m'offrait madame K, cette remarque : *Quel esprit subversif !*

Au mot *abscons* venait s'ajouter celui de *subversif.*

Ma boulimie de mots m'apaisait. Mots ingurgités. Mots régurgités. À l'infini. Lettres inépuisables piquant ma chair en points de suture, seules capables de cautériser les plaies invisibles. Et les indignations.

❖

Cela fait plusieurs mois que je suis partie et je sais que les promesses de retour faites à mes amis des Palmiers ne sont que pipeau. Je ne retournerai plus jamais nulle part. Quand je pars, je meurs aux gens et aux lieux. Définitivement, je m'extrais. J'ai tôt appris cette attitude. En quittant les Palmiers, j'ai pressenti que ce serait pour toujours. Revenir ne pourrait avoir qu'une incidence criminelle ; il fallait d'abord écrire cette histoire. Autrement, ce ne serait pas la peine. J'ai mis un pied hors du brasier. Et on ne revient dans les flammes que pour éteindre le feu ou y brûler. Crever et tout abattre, ne laisser que la poussière des cendres.

Ce n'est pourtant pas l'envie de voir la coiffeuse qui m'a manqué quand, l'été suivant, la princesse Diana est morte.

C'était la fin de l'été, j'étais chez Mi-Milala et Tamou dans la ville-mer. Mes ancêtres et moi étions tant peinées devant le journal télévisé qui diffusait les images de la voiture écrabouillée de la princesse. Dès le lendemain, Lady Di devenait relique, icône et produit consommable. Auprès d'un vendeur à la sauvette, je me suis procuré un petit portrait d'elle que j'ai glissé dans le pendentif que j'avais destiné à la photo de mon premier amour. Un portrait plus grand ne tarda pas à rejoindre les suppliciés de l'alcôve des merveilles. Je m'étais alors promis d'aller voir sa fan des Palmiers. Vœu pieux.

J'ai des difficultés à garder le lien. Je vis intensément avec les gens comme si je les voyais pour la dernière fois.

Je les aime de tout mon cœur, comme j'ai aimé Trabolta et Zahira et Fatima ; mais ils ont été extraits de ma vie de manière chirurgicale et manu militari. Je ne supporte ni les adieux ni les retrouvailles. Je ne sais pas dire au revoir. Je vis sur les sentiments présents et passés, les souvenirs sont emmurés dans mon monde intérieur. Là où tout est préservé pour l'éternité.

Mi-Milala et Tamou me donnent des nouvelles réjouissantes de Zahira qui, après avoir logé chez elles, a loué une petite maison avec ses vieux parents, et enseigne au conservatoire tout en poursuivant ses études.

Il n'y a qu'avec Sana, partie des Palmiers elle aussi, que j'ai gardé un lien épistolaire. Installée avec sa famille dans la ville de ses ancêtres à Volubilis, elle m'écrit pour me raconter ses difficultés à s'adapter, et comment un garçon de sa classe de terminale lui mène la vie dure car elle a refusé ses avances. Fan absolue de *Beverly Hills*, elle colle toujours des stickers de Donna, de Dylan et de Brandon sur les lettres et les enveloppes.

J'essaie pour ma part de la consoler et de la divertir en lui racontant, à la manière d'une satire, les épreuves des olympiades nationales des lycéens auxquelles on m'a obligée à participer. Il est d'ailleurs étonnant de se voir questionner sur les auteurs d'ouvrages tels que *Le Pain nu* ou *La Divine Comédie*, alors que ni nos professeurs ni nos établissements ne nous offrent la moindre occasion de lire leurs livres. *Les jeux paralympiques de l'intellect*, c'est ainsi que j'ai titré ma chronique caustique qui relève les anecdotes où l'absurde le dispute au médiocre. Car depuis que nous avons changé d'adresse, mon cerveau s'est réveillé comme un membre engourdi recouvrant par miracle ses pleines capacités. L'impression qu'une lumière jusque-là restée éteinte s'est rallumée dans ma tête. Les mathématiques, loin de monsieur Joubad, le professeur qui tapait les garçons, me sont devenues faciles.

Loin de la violence, une vivacité d'esprit nouvelle s'est emparée de moi.

Mon statut de première détonne avec l'insolence dont je peux faire preuve, et avec mon look vaguement gothique que n'arrange pas ma grande taille.

15

– Quels beaux poissons il y a maintenant dans les eaux de la Menara !

Pas seulement crâneur, Moulay – avec ses lunettes demi-percées, les *effectivement* et les *so what* dont il émaille sa parole toujours châtiée –, le voilà mytho. Entre lui et moi, il y a les étincelles d'un court-circuit. On s'entend bien en classe, on se couvre et se soutient en dehors. Il peut même venir chez moi, et moi chez lui, en raison d'une parenté lointaine découverte récemment. Après les cours de français, il me dit qu'il me déteste. À cause de mon niveau et de mon bon accent. À force d'amitiés littéraires et pour avoir entendu cette musique de la bouche des touristes, ma langue s'est dressée du bon côté. Je comprends. Cela fait partie du hasard des injustices. Moulay dit qu'il me hait et se ravise en faisant mine de plaisanter. Il me toise avec un besoin de domination. Parfois, des ricochets se dessinent sur ses joues (ce qui me rappelle quelqu'un), je me liquéfie sur place et je le fuis.

Il y aurait donc des poissons, des grosses carpes dentues dans le bassin de la Menara. Mon œil ! Moulay s'entête et insiste, et avec mes camarades de classe, nous lui lançons un défi. Ni une ni deux, on l'accompagnera à la fin des cours, et si les poissons sont là, nous plongerons. Des lycéens prêts à se laisser engloutir dans les eaux noires où l'on n'a jamais vu personne se baigner. Interdiction formelle. Personne n'a le droit de nager dans ce bassin qui irrigue les veines des oliviers centenaires. On dit que chaque petit matin, un sultan y jetait l'amante de la nuit. Probablement que ces femmes ne savaient pas raconter des histoires.

La première chose que nous faisons en sortant du lycée est de nous dévêtir de ce tablier obligatoire pour les filles uniquement. Je dis tablier, mais en réalité, nous avons trouvé le moyen de le raccourcir en une courte tunique de la dimension d'une chemisette aux manches coupées. Et puisqu'il suffit de montrer ce torchon blanc à l'entrée du portail en cas de contrôle, il nous arrive d'accéder au lycée avec un unique tablier. L'une d'entre nous passe et, une fois à l'intérieur, l'enlève et le jette par les fenêtres ; permettant ainsi à celles qui l'ont oublié de franchir la barrière de contrôle de monsieur Ziryab, le surveillant général.

Nous ne sommes pas enfants à avoir de l'argent de poche mais nous sommes joyeux. Pas heureux mais joyeux, malgré le manque, malgré la violence, malgré l'adversité. Rien ne m'enchante autant que ces sensations : monter à trois sur un vélo brinquebalant ; s'allonger pour lire un livre estampillé CCF sur l'herbe du jardin de l'avenue de France (nos Champs-Élysées à nous sans vitrines et sans terrasses) ; et flâner autour de l'admirable théâtre fermé qui fait face à notre lycée (construit avec colonnades et stuc et marbre, nous espérons son ouverture, en vain).

Nous avançons dans l'avenue de France, notre paradis à nous, toujours fleuri de roses et d'oiseaux de paradis pour s'accorder aux hôtels de luxe qui s'y trouvent. Nous marchons en faisant des courbettes de bienvenue aux touristes que nous croisons. Puis nous voilà à nos comptes d'apothicaires : une cagnotte que nous alimentons de manière anonyme pour aller voir *Titanic* au cinéma. Les moins pauvres d'entre nous payeront pour les plus misérables.

Sur le trajet ce jour-là, nous rencontrons Adil Baraka, un garçon qui était dans notre classe l'année dernière. Adil ne venait qu'à mi-temps au lycée. Ne commençant les cours qu'à partir de midi, il arrivait chaque jour avec les traces de l'oreiller imprimées sur le visage. Toujours bien habillé, mais avec des babouches qui juraient avec ses jeans Levi's authentiques et ses polos Lacoste ; il était souvent occupé à fumer des cigarettes dans *le nid*, la cabane du gardien du parking de mobylettes et de vélos, qui grouille de camés shootés au Rivotril et de dealers de cannabis. Il a donc fini par être exclu.

Adil Baraka est sur son vélo quand nous le croisons.

Survêtement Fila et barbichette, nous avons d'abord du mal à le reconnaître. Heureux de nous voir qu'il est. Adil rentre du travail. Un poste d'ouvrier dans l'usine où les citrons et les oranges amères sont transformés en confiture douce. Il nous dit : « J'ai enfin compris le cours de monsieur Yahia sur le taylorisme. C'est tout ce qui m'est resté des cours de l'année dernière. J'appuie sur le bouton vert et une heure après sur un bouton rouge. » Monsieur Yahia notre professeur de SES nous en a tant parlé ; lorsqu'il expliquait cette théorie, il imitait Charlot dans *Les Temps modernes* qui en sortant de l'usine continue à tournoyer de la main dans un geste compulsif. C'était pour capter notre attention. Notre lycée, le plus grand de la ville-sans-mer, n'offre pas la possibilité de réunir des élèves devant un téléviseur en cette fin des années quatre-vingt-dix.

Nous sommes surpris et admiratifs devant notre camarade qui, déjà, gagne sa croûte. Son visage exprime pourtant un profond ennui, ce qui distille et renforce en nous la motivation d'étudier. Étudier et exceller et se distinguer pour éviter de finir avec le corps en machine à faire des confitures ou des cigarettes ou des pipes. Adil semble plus mature. Une expression grave lui donne l'air sérieux, responsable, et le vieillit de quelques années.

Adil nous accompagne à la Menara. Au bout de l'avenue de France, on peut voir les remparts qui encerclent la vieille ville. Des touristes à dos de dromadaire prennent des photos. On passe près d'eux et on hurle : *Bienvenue* et *Welcome* et *Bienvenudo*. Et quelqu'un de notre groupe dit : *Welcome to the jungle* sur un ton chantant rock'n'roll, et on répète *Welcome to the jungle* sans savoir que c'est une chanson de Guns N' Roses. Et les pistolets et les roses, ça nous conviendrait comme thème tant nous incarnons la fureur et la beauté des boutons de fleur condamnés à périr de manière précoce.

Je monte avec Adil sur son vélo ; nous sommes à l'écart et je le taquine : avec son statut de salarié, il a sans doute une fiancée et sera bientôt marié et père de famille. Il se cabre d'abord puis se confie :

– C'est bien toi qui sortais avec Trabolta. C'est un garçon de ma rue, on a grandi comme deux frères. Je suis au parfum de votre amour du temps du conservatoire de Bab-Douk et des promenades dans les jardins de Moulay-Abdesslam. Mais vous n'êtes pas du même monde. Tu sais qu'il a émigré après le lycée. Il est parti avec un Italien et on ne l'a plus revu. Moi aussi j'ai eu un Monsieur dans ma vie. C'est naturel. On était comme obligés. Pas le choix. J'étais petit, et la première fois qu'un *Gawri* m'a touché dans mon intimité, je me suis mis à pleurer. On traînait sur la Grand-Place et le soir parfois, si la journée avait été maigre, on allait derrière la Poste. C'est là que les Européens font leur marché, qu'ils viennent chercher de jeunes bicots pour fricoter. Et même si tu n'y vas pas, il y a toujours un grand du quartier pour venir te proposer de te vendre contre de l'argent et des vêtements de marque. Quand tu as l'habitude de souffrir pour gagner pas grand-chose, presque gratuitement, c'est alléchant. Le corps, ce n'est rien. Dans le centre-ville, ils étaient connus les messieurs qui voulaient sentir et tâter du p'tit bonhomme. Comme ce Jacques, qui habite tout près de la prison. Lui, il y allait doucement avec moi. Ce qu'il aimait, c'était toucher, se laisser toucher, prendre en photo et filmer la nudité. Il ne couchait pas avec tout le monde. Un jour, je suis rentré à la maison avec un autre Français, mon père n'a rien dit. Il était content, lui qui nous dressait à coups de ceinture pour le moindre prétexte. Il a commencé à me confier à lui, on allait à la piscine, dans des riads, et un jour il a commencé à m'aimer. Quand Monsieur venait à la maison, ma mère se pliait en quatre pour égrainer son meilleur couscous. Elle disait : « Il faut qu'il te sauve. Il faut qu'il t'emmène dans son pays. » Et mon père était content pour les objets et le vélo tout-terrain que Monsieur m'avait offerts. « Dis-lui qu'on doit payer le loyer ! », m'ordonnait mon père, « Propose-lui de t'acheter un téléviseur, d'acheter une mobylette, d'acheter un tapis, d'acheter de l'huile, d'acheter la parabole, d'acheter des cahiers, d'acheter des médicaments… » C'est normal. Ça reste ton secret et personne n'y voit d'inconvénient. Puis tu grandis et si tu as été assez malin pour amasser un pactole après cette prostitution, ils te marient à ta cousine et tout le monde fait comme si de rien n'était. Les fellations et la sodomie, c'est pour ta femme maintenant. Comme dans la blague où un père dit à sa fille le jour de son mariage : « Quand au lit, ton mari t'ordonnera de te retourner, viens me voir. » Ce qui finit par arriver. Le père va voir le gendre. Ce dernier se justifie alors : « C'est parce qu'il est temps que nous ayons des enfants. » Un jour, Monsieur est rentré chez lui en France et il m'a écrit en amoureuse. Avec des mots, c'est toujours compliqué. Je n'ai pas supporté qu'il y ait des mots. C'est là que j'ai pensé à arrêter. Ça m'a rendu malade. Physiquement malade. Ce qui passe sur le corps disparaît. Personne ne l'a vu, il n'y a pas de preuve. Mais quand on y met des mots, cela devient grave. Je ne vais pas bien. Je n'irai jamais bien.

Cela facilitait les confidences que je lui tourne le dos, à Adil.

Le jour décline avec son ciel veiné de nuances rouges et au loin, derrière l'oliveraie de vert argenté et le bâtiment des princes, les sommets de l'Atlas avec leur neige blanche et rose de poudre de sable que le sirocco y dépose. Nous nous alignons sur le bord du bassin et j'exhibe un sourire factice qui cache mon effroi.

Tu ne dis rien, Loula, tu souris même comme tu sais le faire lorsque la tristesse t'assaille pour masquer ton chagrin.

Les vendeurs de macarons coco, de graines de

tournesol grillées et de chouchous poisseux sont postés à chaque entrée du bassin de la Menara. Des amoureux marchent et disparaissent derrière les oliviers où ça se bécote à tire-larigot. Quatre jeunes fument sous leur casquette NY et un radiocassette à piles diffuse la voix de Faudel : *Je crois comme les anges se voient…*

Notre groupe s'approche. Moulay sort un morceau de baguette parisienne de son sac à dos et l'effrite par-dessus l'étendue d'eau dans laquelle se reflète le ciel rose. Des carpes émergent, agitent leurs corps semblables à des gourdins de bourreau et happent les quignons de leurs dents en cisailles voraces.

– Allez, sautez maintenant ! Et n'oubliez pas de laisser vos sous sur le rivage. On manque encore d'argent pour aller voir *Titanic.*

Il a gagné son pari, Moulay. Nous devons nous jeter dans ces eaux troubles où il est interdit de se baigner. Moi, je l'ai déjà fait. Dans la réplique de la Menara située au PalmEden. Un soir maudit, oui, l'affreux soir quand Trabolta a rejoint Jacques, pour se faire violer en connaissance de cause et avec consentement, comme le font tous les petits visiteurs et mon camarade Adil Baraka. Avec la bénédiction du père Baraka qui a perdu le discernement et le nord et la raison et la boussole pour des billets bleus et verts et rouges comme les ecchymoses sur le dos et la peau de sa progéniture. Des pièces sonnantes et trébuchantes sur nos destins d'enfants nés pour servir, se soumettre et se taire.

Moulay nous somme de plonger, on s'agite et on se bouscule. On s'éclabousse. Et personne n'ose s'immerger complètement.

Toi, tu as déjà plongé, oui. Alors tu te déchausses, tu ôtes ton blouson rouge et noir marqué au dos d'un grand California que ton ami Adil Baraka attrape en souriant en silence.

Un gardien accourt, siffle et crie. Il menace d'appeler la police. Et les badauds s'approchent et ton groupe qui hurle : *Allez Layali ! Allez Layali !*

Tu n'as pas peur. Tu as toujours eu besoin d'eau pour apaiser le feu. La brûlure ravivée dans ta poitrine.

Qu'ils préviennent les flics s'ils veulent. On n'a jamais vu plonger dans le bassin que des femmes exploitées, violées, et immolées par un sultan tout-puissant, alors tu sautes. Tes noirceurs se fondant dans les eaux profondes.

Rien ne t'impressionne. Tu connais cette rage. Le jour où Jacques en voisin puissant et vieux a couché avec ton amoureux brinquebalant jusqu'au nom. Trabolta : un sans-identité-remarquable. Trabolta : un prénom de seconde main, comme une pièce défectueuse de déchetterie vendue pour moins que sa valeur. Même un Travolta correctement prononcé semblait trop précieux pour le bel enfant qu'il était ; corps fait pour être matraqué, trépigné, trifouillé.

Tu disparais. *Bis repetita.* Tu aurais préféré, cette fois aussi, que ce fût dans la mer.

16

Jacques ne m'a jamais laissée tranquille.

Les sibilances d'un vélo avançant au milieu des voix des enfants qui jouent. L'image d'un homme montant l'escalier à pas de loup et d'un éphèbe qui le suit en *sunwalk*. Refrain régulier et lancinant qui surgit dans mon esprit sans crier gare.

Autant que je me souvienne, je n'ai revu Jacques que deux fois depuis mon départ des Palmiers. Deux rencontres liées au cinéma. À moins que ce ne soit leur association à des films qui les ait imprimées définitivement sur la rétine de ma mémoire.

1. Au retour de *Titanic* :

Jacques est là. Si loin de moi. Si proche de moi. Il est sur le trottoir d'en face. L'impression que ses cheveux ont blanchi depuis le temps où il régnait sur les toits de mon enfance. Il est à l'arrêt. Assis sur la selle de son vélo à cornes, un pied ancré au sol pour tenir l'équilibre, l'autre posé sur la pédale. À l'angle du boulevard et de l'impasse du cimetière, non loin des Mortiers et du va-et-vient des visiteuses des prisonniers. Il porte des lunettes et exhibe un rictus de pacotille et glacial comme je ne l'ai jamais vu sourire. L'agitation autour de lui ; il semble s'apprêter à faire une déclaration. Une caméra de télévision est là qui le questionne et le silence se fait autour.

J'avais pourtant redouté nos retrouvailles improbables. Contournant sans cesse le centre-ville pour ne pas passer près des Palmiers. Et voilà qu'au retour du cinéma nos chemins se croisent.

Des trois salles que compte la ville, c'est le Rif, rénové pour la circonstance, qui a l'exclusivité de la diffusion du film. Repère de camés, d'inactifs et de margoulins qui viennent y occuper leurs après-midi en regardant l'habituel diptyque qui fait se succéder amour et mort : un film d'action américain suivi d'un bollywood. À cause de cette mauvaise fréquentation, la salle du Rif – comme celle du Mabrouka près de la Grand-Place – n'offre d'habitude aux filles qu'un droit de passage au pied des grandes affiches extérieures. Des images qui nous font rêver. Elles nous inspirent des histoires et des dialogues que nous répétons debout sur les bancs qui relient les colonnades des murs du théâtre fermé et qui nous servent d'estrade ou de transat quand nous avons une heure creuse. Des répliques en pièces détachées que nous hurlons devant notre lycée comme des aliénés. Des phrases décousues, comme : « Aziz, lumière ! » ou :

« Sans la petite Antigone, vous auriez tous été bien tranquilles. » Mais cette fois, en raison de l'effet de groupe et de la présence réconfortante des garçons de notre classe, nous accédons confiantes à la salle.

Les yeux d'adolescents sensibles ont versé des larmes devant les images de l'amour contrarié. L'amour toujours condamné à la grande sorgue, la grande nuit. *Une princesse aurait épousé son chauffeur…* Au romantisme s'ajoutait l'écho de mes soirs de désarroi. Le dépit. L'amour dépouillé à la fleur de l'âge. Voilà ce qui ne me sera plus donné. Une infirmité m'a accablée ; je suis une amoureuse dépouillée.

Ça sent la javel dans l'avenue que nous remontons au sortir de *Titanic*. Moulay nous dit que ce sont les châtaigniers qui diffusent cette odeur de sperme, et nous lui soutenons que ce ne peut être que la trace des Sensibles venus naguère par là. Nos spéculations n'ont pour but que de cacher notre trouble. Un minibus passe qui fait la réclame du film que nous venons de voir. Dispersant son boniment d'une voix stridente dans cette fin d'après-midi verte et odorante.

À notre passage tout près des Palmiers, une vision des limbes tant fuies : Jacques ce jour-là donne une interview et l'on s'apprête à l'écouter. Je suis saisie de panique, ces palpitations qui me prennent aux tripes. Je vois Jacques, et je reste à distance ; prostrée sur le trottoir d'en face, tandis que mes camarades se précipitent, curieux, comme à chaque fois qu'un micro-trottoir recueille les impressions de la populace. Les sempiternels sujets : la prolifération des ordures – la mendicité – les vœux du ramadan ou de la fête du Trône. Je m'élève et monte sur le pavé qui forme une bordure autour d'un palmier imposant au milieu du trottoir, j'observe. *Va-t'en, éloigne-toi, tu peux bien marcher seule*, que je me dis. Mais je reste là. Torpide. Je vois la foule se disperser ; et Jacques, le pied déjà appuyant sur la pédale, se penche vers Moulay, pose une main sur son bras, puis lui chuchote quelques mots à l'oreille. Moulay sourit, enlève ses lunettes qu'il nettoie en les frottant avec son tee-shirt. Son cerveau doit être ankylosé par la soumission. Devant un *Gawri*, il a perdu tout discernement. Ce qui me fait penser à mon oncle qui disait récemment en parlant d'une délégation venue d'Europe visiter sa morgue : « Ah ! Les santons authentiques ! Les faiseurs de bien ! »

Quand mes camarades reviennent vers moi, je les interroge : « Il racontait quoi, Jacques ? » Et ils me disent que je suis blanche comme un linge. « Il te voulait quoi ? » je harcèle Moulay. « Rien. Rien ! », qu'il se défend, mais c'est compter sans mon insistance.

La foule me déclare des sornettes :

– C'était un reportage sur un écrivain français qui est mort et qui habitait près d'ici, ils interrogent son ami. On s'en fiche. Non, il était aussi question du premier fast-food qui ouvre bientôt dans la ville. Un McDo. Tu dis Jacques, et qui est Jacques ? Comme si tu pouvais connaître son prénom. C'est fatigant, une intello qui fréquente le CCF et qui se prend pour une Missionnaire.

Je rouspète et tempête :

– Un écrivain mort et son ami. Mais vous n'intéressez personne, les cafards. Ces grands hommes, ces bienfaiteurs, s'ils s'intéressaient à vous, s'ils l'avaient voulu, seraient venus vous voir, se seraient occupés de gommer votre inculture. Vous n'êtes qu'un corps. Des joujoux et poupées à traire, point barre.

C'est la guerre et la saison n'offre que des boutons blancs en lieu et place de ces bombes d'oranges amères que nous aimons écraser contre les murs. Monte et monte et monte ma frustration.

– Il t'a dit quoi ? que je continue de harceler Moulay, qui finit par lâcher :

– Il m'a dit que si je voulais, je pouvais le trouver ici dans une heure.

– Vas-y pour devenir une petite fille. Et ne viens pas demain me demander un sachet de sucre vanillé Alsa pour cacher à ta mère qu'il t'arrive de boire des bières. Va te faire payer des bières chez papy Jacquot. Deviens la petite femme de Jacques. Encore un bon chérubin à prendre. Un corps jeune et frais et pas cher, que je hurle, et Moulay me pousse d'une bourrade au flanc.

À terre. Je me relève. La lanière de mon sac à dos, je la tiens avec rage, fais tournoyer le sac dans le vide. Volcanique. La rage lourde qui me happe et me ronge, et que je lui lance dessus de toutes mes forces. Sac jeté en pleine figure. Je ramasse la caillasse à pleines mains, tout ce qui traîne par terre, et lui jette à sa face de p'tit mec mièvre et rampant devant un monsieur. Mes camarades ricanent de leurs piques dénuées de méchanceté tant, au fond, nous nous aimons. Nous sommes solidaires même quand on se dispute.

« Et qui est Jacques ? » qu'ils me demandent. « De qui tu parles ? Et qu'est-ce qui t'arrive ? » Eux aussi, comme tous les autres qui ne voient rien.

On se donne en spectacle comme nos groupes d'ados, toujours jacassiers, savent si bien faire ; et j'éclate en sanglots comme on ne m'a jamais vue pleurer ; puis Moulay s'approche et me serre dans ses bras. Il me caresse les cheveux en fraternité forte comme à chaque guerre intestine qui nous fait chercher des noises, nous moquer les uns des autres. Bouillonner de violence larvée qui parfois déborde. Et nous rentrons bras dessus, bras dessous maintenant que je suis sûre qu'il n'est pas garçon à aller chez Jacques.

2. Au cinéma Colisée, *Sept ans au Tibet* :

Il est revenu, le jour du désir originel.

Un après-midi resplendissant de clarté tiède et de rues chantantes, j'ai rendez-vous avec Virgile. Litanies à rimes des vendeurs ambulants et des orchestres folkloriques remuant leurs crotales et leurs chapeaux à pompons tournoyants. En moi, l'ivresse d'une excitation où le corps reprend ses droits. Sous l'ombrage des jacarandas géants et à cause des immeubles érigés dans des rues étroites, il règne dans les parages du cinéma Colisée une lumière toujours adoucie ; une fraîcheur. Murs rouges marbrés de rayons et d'ombre. Virgile m'invite au Colisée. Élève officier de l'École de l'air, il habite dans la Maison des Africains. Une villa que louent des étudiants nantis venus d'Afrique centrale poursuivre des filières d'élite.

S'il nous arrivait de nous croiser dans les commerces du quartier où il faisait ses courses avec ses colocataires aux prénoms hautement poétiques : Diogène, Apollinaire et Modestie, ce n'est qu'à la bibliothèque du CCF que nous fréquentons tous les deux que nous nous sommes adressé la parole un samedi après-midi. C'est ainsi qu'il m'a abordée :

– Bonjour. Je crois que nous sommes voisins. Le temps est à l'orage. On pourrait prendre un taxi ensemble pour rentrer ?

Virgile est sorti d'entre les livres. Littéralement. Il faisait souvent des recherches à la bibliothèque pour les besoins des exposés de son École de l'air ; et ce jour-là, le document qu'il portait en main avait un titre comme : *L'Impact de la globalisation sur les pays pauvres*. J'ai pour projet d'écrire et je passe de longues heures dans cette bibliothèque à faire l'apprentissage de la patience. Assise à une table et dans le silence des lieux, je reste des heures à lire des extraits de livres piochés au hasard. Des heures à rêvasser et à convoquer les images, les inviter à décanter en moi. J'égrène le chapelet de mon bréviaire pour mieux le restituer un jour. MONSIEUR JACQUES, que j'ai écrit sur la couverture du cahier. Planter des jalons. De rares phrases dételées de ma trajectoire d'enfant posées sur les pages encore vides :

Les adultes sont coupables de non-protectorat à l'enfance.
Tu es née, et tu resteras, et tu mourras en enfant.
Même quand le temps viendra où tu n'y paraîtras plus…
Madame, ô madame. Couteaux-ciseaux-madame.

Un sermon pour ne jamais oublier l'antienne du rémouleur.

Virgile n'a jamais demandé sur quoi portait l'histoire que je voulais raconter, mais avec sa disposition excessive à l'altruisme et à la générosité, il s'emploie à m'aider. Une forme singulière de parrainage constitue notre lien. Virgile me donne à relire ses exposés qui concernent les relations internationales, la géopolitique, ce qui me prépare aux concours des grandes écoles auxquelles je me présenterai l'année suivante. Ce que Virgile veut signifier, révéler de sa personne, passe systématiquement par des offrandes : un bouquet de mimosa, des chips de bananes plantains, *Nadja* de monsieur Breton, *Siddhartha* de monsieur Hermann Hesse et *Les Damnés de la terre* de monsieur Fanon glissés dans ma boîte aux lettres. Ou encore Fou d'elle de Ted Lapidus, parfum qu'il m'a offert pour mon anniversaire. Quand il part en voyage pour les rencontres sportives entre écoles de l'air du monde entier, Virgile m'écrit. Des cartes postales avec des photos d'avions fendant le ciel et dessinant des traînées de couleurs nationales au-dessus de Santiago de la Ribera, et de Salon, et de Johannesburg. J'y vois, à chaque fois que je les lis, son visage amène qui m'adresse des mots exquis se terminant toujours par : *Vive valeque !*

Il a fallu toute la singularité de sa personne, à la fois différente du répertoire humain que j'ai jusqu'alors connu, et auguste par sa nature en toute chose élevée, pour qu'en moi la sève se ranime, que je me réconcilie avec l'amour, avec mon état de femme.

Quand j'embrasse Virgile, son odeur exerce sur moi un magnétisme puissant. Quelque chose me le notifie : compatible avec la chimie de mon corps et de mon esprit.

Lors de nos étreintes, j'ai découvert sous ses chemises et ses polos toujours bien repassés, qu'il portait autour du cou un *Dog Tag*, ces plaques militaires sur lesquelles sont gravés les rudiments de son identité ainsi que son groupe sanguin. « Si je meurs un jour pour mon pays, au moins, on préviendra ma mère », m'a expliqué Virgile. Et j'ai pensé à Johnny Joe du roman de Dalton Trumbo, à son esprit et à son âme qui cognaient tristement sur les parois de son corps mutilé et cela m'a rendue triste. En riant je lui ai dit : « Virgile, don't take the plane ! »

Virgile a une annonce à me faire et semble craindre qu'elle ne me déplaise. Un sujet dont il veut s'ouvrir devant le film *Sept ans au Tibet*. Une originalité que je ne redoute pas en raison des qualités humaines de mon amoureux.

Toute pimpante et le ventre fourmillant, je me tiens sur le trottoir en face du cinéma, tout près des portes en arcades de la Taverne. Les lettres bleues du COLISÉE se détachent de la façade. Subrepticement, une force m'étreint la poitrine. Mes yeux se lèvent vers la dentelle de vert que forme le feuillage des jacarandas et j'hésite à rebrousser chemin mais je me dirige vers Virgile qui déjà m'attend.

Je traverse la route et Jacques esquisse un sourire en ma direction. Il me reconnaît et je ne sais comment réagir. C'est l'unique fois qu'il interagit avec moi. Une indécence à fendre l'armure du mépris qu'il nous a manifesté jusqu'alors. L'indécence tout court. Quelque chose d'inconvenant. Il veut me prendre pour complice. Jusqu'au bout. Maintenant que je ne peux plus représenter de risque ou de gêne pour la tranquillité de ses affaires, en dehors des Palmiers, loin du cimetière et du pénitencier ; il veut sympathiser de loin ou se montrer cordial. Je crois qu'il m'a fait un signe de la main. Comme un salut en levant le bras, mais je ne sais pas ce que cela veut dire. C'est l'unique tentative d'échange, la seule manifestation de Jacques à mon égard. Quelque chose comme : je reconnais ma brave petite voisine. Me signifiant par cet ultime geste que je lui avais aussi, un peu, appartenu. Peut-être.

J'ai d'abord peiné à le reconnaître, pliant légèrement son corps tout en ringardise d'homme vieillissant qui confiait son vélo à un gardien obséquieux. *Ah ces santons authentiques ! Baisez-leur les mains et les pieds, aux faiseurs de bien, aux faiseurs de mal !*

Un jour tu seras adulte. Un jour tu reviendras voir Jacques.

Je me précipite vers Virgile.

Dans l'escalier du Colisée règne une odeur âcre de tabac froid et de chocolat ranci. Virgile avec sa manie acheteuse de garçon branché s'arrête devant des présentoirs de montres Swatch ; et je commence à souffrir du ventre. L'ouvreuse nous installe et sa lampe torche trace un sillon lumineux qui perce un tunnel dans l'obscurité de la salle. Comme ce rien de lumière qui vous fait tout voir d'un trou de judas. Toutes ces réminiscences de l'immeuble A m'ont donné la nausée et je me suis retournée pour guetter Jacques. Je me lève soudain, tâtonnant dans le noir, et me précipite aux sanitaires. Vomir me soulage de ce ferment d'horreur qui me pèse sur le ventre. Dans la glace, je regarde mon visage, on ne voit plus la petite fille et la cicatrice sur mon menton semble avoir presque disparu, minuscule.

Le film a commencé quand je retourne m'asseoir. Virgile a attrapé ma main. Nos peaux se touchent et le circuit de la sève s'élance, nos têtes s'approchent et ses lèvres se collent aux miennes, et les battements d'ailes dans mon ventre et le désir, et je deviens accro à l'odeur de sa peau. Accro aux baisers de tendresse mais retenue par la frayeur d'aller plus loin. Est-ce que Jacques embrasse les garçons aussi ? Je ne veux m'aventurer qu'en pays de tendresse. Les convulsions sauvages, bestiales, d'un corps vieux et déjà ridé, et puant et sentant la mort, ne m'inspirent que dégoût.

Je reste dans cet état de rêverie et les images du film coulent sur moi sans que je sois capable de relier les dialogues au spectacle. Brad Pitt s'élançant avec ses patins pour rouler des mécaniques, *Regardez, regardez ce que je sais faire*, alors que la jeune femme objet de son désir n'a d'yeux que pour son ami. On peut aussi danser pour ceux qui refusent de voir.

La scène où des ouvriers tibétains s'affairent à creuser des rigoles pour construire une salle de cinéma me marque. Ramassant les vers de terre pour ne pas tuer âme qui vive, ils justifient leur geste : « Ce petit ver de terre aurait pu être votre mère. »

Ce petit visiteur aurait pu être votre enfant. Aurait pu être l'enfant que vous êtes, ou l'enfant fruit de vos entrailles…

– Je suis bouddhiste, chuchote Virgile à mon oreille.

Tout à trac et tout de go, *je suis bouddhiste*. Devoir de probité auquel il s'assigne devant sa *petite musulmane*. Et je fixe les images de l'invasion du Tibet et du pouvoir d'adultes conquérants qui atteignent les sommets jusque-là paisibles et gouvernés par un dalaï-lama : enfant sage, sacré et tout-puissant, jouissant de protectorat à l'enfance. *Bouddhiste* jusqu'à ce que la guerre éclate et qu'un avion de chasse dans son envol avale des goélands, écrase des mouches, des moustiques par milliers, et bombarde veuves, orphelins et ceux qui n'ont rien demandé comme les Johnny Joe devenant prisonniers de leurs corps.

En sortant du cinéma, je ne parle pas. J'ai juste besoin que Virgile me serre dans ses bras.

Nous finissons la soirée à la Maison des Africains où nous écoutons *Soul Makossa* de Manu Dibango et *Immortality* de Céline Dion, que Virgile accompagne en chantant d'une voix que je découvre si douce, enfantine et juste.

Je ferme les yeux. Quelque chose comme lors de la marche des sens avec Zahira. L'image d'un ciel bleu et paisible, puis le fracas d'un avion franchissant le mur du son vient rompre le doux silence. Je décide que je partirai.

Vive valeque !

17

Il y a les auteurs de livres et il y a les auteurs de meurtres. Les premiers ne sont qu'une version empêchée – par trop d'humanisme, ou moins de courage – des deuxièmes. On parle de crime et on dit auteur, on parle de livres et on dit auteur. Le même mobile originel pourrait tout aussi bien conduire à écrire un livre ou à commettre un crime. Frontière ténue. Chaque écriture est mue par la même tentative, un mobile qui mènerait à l'irréparable. Écrire est une façon d'éliminer. Un dernier recours, en désespoir de cause.

C'est un si beau matin pour accoucher ou pour mourir. Elle n'a pas trente ans et elle a l'impression d'avoir vécu un siècle.

Elle vit loin, elle a construit sa vie dans sa ville-mer mais elle est revenue honorer sa promesse. Enceinte, elle se soustrait à une réunion de famille et ses pas la mènent vers l'adresse de son enfance. Si les lieux ont changé, elle reconnaît toutes les reliques de ce passé qui jamais ne s'effacera. L'impasse est devenue rue du Cimetière, qui maintenant conduit aux quartiers chics et aux propriétés avec piscine et ascenseur. Plus de décharge, et entre l'immeuble A et l'Alque se sont érigés des immeubles et des hôtels avec hammam-sauna et spa. Demeurent la prison des Mortiers et les Palmiers. Les Palmiers, ce nom qui dans cette ville est donné à pléthore de résidences.

ELLE dit : Je viens faire entendre ma musique et déposer mes mots tranchants de couteaux-ciseaux-madame. Devenir mère fait que je deviens la mère du monde entier. Mon ventre bat d'un enfant à naître, alors l'élan de vie a réveillé l'enfant fossile en moi.

Quand le garçon est venu lui aussi, il aurait emprunté cette même avenue. Comme elle, il aurait regardé la dentelle de vert que forment les feuilles des jacarandas. Et aurait fait attention à ne pas écraser les carapaces de tortues à leurs pieds. Il se serait arrêté pour regarder le ciel et son regard se serait écorché au contact des barbelés des hauts murs des Mortiers. Il serait venu comme ça ; comme elle le fait. Sans intention.

Il arrive qu'après avoir fait l'amour elle pleure. Elle tombe amoureuse et s'invitent la joie, la mélancolie et le soleil carnassier.

À chaque fois que Loula a rencontré l'amour, le souvenir de Trabolta et les nuances d'un soir de juin au-dessus du mont Guéliz ont surgi. Avec leur douceur tiède et le bruissement des feuilles des jacarandas flamboyants et bleus qui toujours l'émeuvent aux larmes. Ce qu'elle affectionne, c'est étreindre en fermant les yeux, poser sa tête sur une épaule caressante. Faire résonner les âmes. S'y abandonner, respirer les parfums. Embrasser. S'offrir et instiller en l'autre son souffle et aspirer le sien. Respirer du corps de l'autre : la plus belle sensation de l'existence. L'amour est pour elle une affaire de souffle. Une respiration partagée.

Le garçon n'embrasse pas. Il n'a jamais essayé, cela le répugne. Ce qu'il aime, c'est caresser les chats errants et les voir cligner des yeux. Monsieur lui aurait dit que ces bêtes-là donnaient la rage et qu'il ne fallait plus les toucher.

Jacques, de toi ils n'ont eu que ce prénom. Ils te disaient français car tu étais français par la langue mais tu étais peut-être d'une autre nationalité. Cela n'a pas d'importance. Tu n'as jamais rien montré de ta personne. Tu n'étais pas *être*, tu étais *symbole*.

Il y a souvent une musique qui s'invite à ses nuits. *Hit the Road Jack !* Loula l'avait tant entendue petite dans les soirées du PalmEden. Elle s'est éloignée. De tout, et de cette histoire, mais toujours tu revenais. *Hit the Road Jack* et elle entendait *ô qu'il est laid le laid pédo* et il n'y avait qu'un moyen de se libérer : t'écrire.

La position de témoin est équivoque et extrême. Elle est double. Elle porte en elle la gangrène du mal commis. L'acte s'adosse à l'œil des témoins. Coupables de non-protection des victimes, et victimes d'actes vus et subis par procuration. La position la plus dangereuse, la plus perfide par son ambivalence. Vertigineuse. Témoin en trait d'union qui relie la victime et son tortionnaire.

Le garçon n'a rien à dire. On ne lui a pas appris à dire, à écrire. Il aurait pu exprimer sa colère, et tout le mal.

Avec Jacques, elle a partagé l'adresse. Elle venait de chez Jacques et elle avait en partage l'âge et le collège avec ses visiteurs et avec ce garçon qui est venu le voir ce jour-là.

Elle avait l'intuition, l'instinct prémonitoire que cette histoire ne pouvait que mal finir. Une certitude.

ELLE dit : J'ai vu s'écrire le mot CRIME. Je suis venue te prévenir de ta fin. C'est sur ta présence, ton corps, ton silence et tes visiteurs que s'ouvraient les matins, les fenêtres de mon enfance. Je suis venue avec des mots en couteaux-ciseaux-madame.

Enfant il était, quand il est venu voir Jacques pour la première fois. C'est ainsi que les hommes aiment, avait-il compris.

L'amour et le corps sont les premiers territoires de la domination. Ce que nous prenons parfois pour de l'affection n'est qu'une proposition d'asservissement, sentiment qui renferme en lui le germe nocif qui éclot tôt ou tard et l'infeste. Domination des grandes puissances sur le tiers-monde, domination des riches sur les pauvres, domination des hommes sur les femmes, domination des adultes sur les enfants…

Elle repense au film *Mystic River* : « Tu sais, parfois je crois qu'on est montés tous les trois dans cette voiture, que tout ceci n'est qu'un rêve», dit l'homme qui, enfant, a vu son ami monter dans la voiture de ses violeurs.

ELLE dit : Je pense que moi aussi je suis montée dans l'appartement de Jacques.

Et la voilà qui se promène dans la résidence des Palmiers qui dans ses souvenirs lui semblait colossale. Les yeux grandissent, la perception rétrécit. Les mains enlacent son ventre comme pour protéger le bébé-à-naître ou se raccrocher à lui. Cela la rassure. Un homme est assis sur une chaise en raphia devant les Mortiers comme naguère pouvait s'asseoir Samba devant un immeuble ou Ider devant son épicerie. Elle traverse l'esplanade Michael et ses orangers aux fruits amers dont une partie a été goudronnée pour que des voitures s'y garent. En *sunwalk* elle monte l'escalier de l'immeuble A. L'impression qu'elle habite toujours ici. Devant son judas à elle, elle ne détourne pas le regard. Il y a là l'œil d'une jeune fille qui voit tout ; elle le regarde droit dans les yeux. Elle monte jusqu'au dernier étage. Un homme la suit à pas de loup silencieux, elle ne l'a pas entendu. L'hymne s'est invité à ses oreilles, *Ô qu'il est beau…* La porte du toit-terrasse est non loin et un air chaud en émane. Appart n° 7. Elle sonne et pas même le chant d'un bruant solitaire ou d'une sirène ne se fait entendre. Elle frappe et elle entend un souffle. Pas même la porte ne s'ouvre. Frayeur. L'homme apparaît. Il fixe son ventre qu'il n'avait pas vu plus tôt et s'excuse :

– Qui venez-vous voir ? Vous vous êtes trompée, madame. L'appartement est vide. Inhabité.

ELLE dit : Pourquoi les adultes laissaient-ils sévir ?

À cette époque, il n'y avait qu'une violence identifiable : celle du scandale. Il fallait donc fuir toute exposition, tout partage, toute indignation. Un malheur exposé condamnait une victime à la double peine : celle du mal subi, et celle du scandale. Un malheur valait mieux que deux.

IL dit : Je ne veux plus être une victime. J'ai trop grandi pour cela.

ELLE dit : L'enfance me touche.

Et il lui arrive même de penser à celle de Jacques pour calmer sa colère.

Jacques, de quel abîme venait ton enfance ?

ELLE dit : Je suis restée la petite fille qui regarde derrière le judas de sa porte. Préservée de l'atrocité par une porte et une bibliothèque qui recouvre le mur à ses côtés. Mon sanctuaire. L'enfant fossile est en moi indestructible. J'ai peur pour l'enfance.

Cette peur qui lui fera accompagner toutes les sorties scolaires. Cette peur qui lui fera suivre le bus scolaire et regarder de loin ses deux fils accéder à leur école. Cette peur qui lui fera quitter son travail brusquement pour s'enfiler dans la boulangerie voisine de la cour pour les guetter à la récréation. S'assurer que ses enfants, et tous les autres, sont en sécurité.

ELLE dit : Comment peut-on donner la vie ? Comment le monde peut-il dormir tranquille, alors que des enfants ont été kidnappés, et disparus, et violentés, et volatilisés ?

Il se serait présenté devant Jacques et lui aurait d'abord donné l'accolade ou un coup de poing dans l'épaule ou une bise. Ils auraient bu un verre de jus d'orange. Et mangé un œuf en chocolat dégoulinant et mou sur le balcon avant de se coucher côte à côte. Ils auraient d'abord eu un rapport sexuel (faire l'amour ce n'est pas pareil) ou Monsieur aurait refusé ou Monsieur se serait endormi. Trop âgé, Jacques. Trop âgé, le garçon maintenant.

Puis il aurait entendu la voix du rémouleur. Une voix venue d'un autre temps. Celui des premières fois où il a commencé à venir ici. C'était la mort de l'enfant.

Couteaux-ciseaux et il a poignardé Jacques.

Poignardé. Monsieur Jacques est mort. Assassiné par un garçon devenu adulte ou presque. C'était la mort de l'adulte.

Elle apprend la nouvelle. Jacques est mort. Et elle ne veut pas en savoir plus. Pas de détails. Elle les refuse.

Elle n'a rien d'autre à vous écrire.

De rares fois, quand l'alerte enlèvement retentit de sa radio, qu'elle apprend qu'un enfant a été kidnappé ou assassiné, violenté ou violé, dans les noirs abysses des nuits elle plonge ; elle tape sur Internet : Monsieur Jacques/ Pédophile/ Meurtre.

Elle ne trouve rien. Comme s'il ne s'était rien passé, on ne parle de rien.

❖

De ma dixième à ma quatorzième année, j'ai voisiné avec un homme qui aimait les jeunes garçons. Certains avaient mon âge. Ces enfants (âge dont on les avait expropriés) venaient de quartiers populaires et cela semblait constituer un motif suffisant pour que tout le monde ferme les yeux.

Regarde donc ce que fut la fin de Monsieur Jacques…

Remerciements

Un livre est l'aboutissement d'une rencontre. Toute ma gratitude va à Caroline Marson, mon éditrice, pour son accompagnement, son engagement et son soutien.

DU MÊME AUTEUR

Aux Éditions Albin Michel

LE CIEL SOUS NOS PAS, prix du livre Européen et Méditerranéen, prix Méditerranée du Premier Roman 2019.

LA THÉORIE DES AUBERGINES, 2021.

Composition : IGS-CP
Impression : Imprimerie Floch, décembre 2023
Éditions Albin Michel
22, rue Huyghens, 75014 Paris
www.albin-michel.fr

ISBN : 978-2-226-48979-1
N° d'édition 25721/01 – N° d'impression : 103603
Dépôt légal : janvier 2024
Imprimé en France